名人

川端康成 文集9

新版導讀

如果你還沒下過圍棋，《名人》可以帶領你從一個文化人的角度，一窺圍棋這項競技藝術的內涵。如果你有些許的圍棋實戰經驗，閱讀《名人》將帶領你深入欣賞，一場圍棋武林頂尖對決，其幕前幕後的點點滴滴；而如果你與圍棋結緣已久，自詡已是圍棋界的一份子，那你更必須讀《名人》，深入了解在圍棋藝術中，這個古典主義與現代主義的轉折點。

圍棋在四千多年前起源於中國；而職業棋士的出現，則是在四百年前的日本。所謂的「職業棋士」，顧名思義，就是以棋為業，且有足夠薪水安身立命的文化工作者。當時德川家康對圍棋頗感興趣，認為這是一項值得推行的文化技藝，於是撥出經費，並訂定棋士的薪水及棋力認定制度，是為圍棋職業制度的開端。而「名人」這個稱號，就是從這個時候開始的。只有技壓群雄，並德望服眾，才能夠獲得名人的稱號。身為名人，除了聲望、地位外，俸祿也是相當高的；用白話文來說，可說是「日本圍棋部部長」。

當時的名人是終身制，即一次只能有一位，且須等到其去世或宣布徹底退休，方可有下一位名人上任；若當代並無出類拔萃的人才，也有可能從缺。從江戶時代的第一位名人本因坊算砂，到「末代名人」本因坊秀哉（即本小說的靈魂人物），三百年間，圍棋史上總共只有十位名人。由此不難理解，為何川端康成對秀哉總是抱著一股與歷史連結的敬意。

秀哉上任名人於第一次世界大戰爆發的一九一四年，一個世界變化無比快速的時代。一九二四年，一個與過去三百年經營手法截然不同的新圍棋機構「日本棋院」成立了。作為圍棋界的領導人，秀哉繼續領導著這個新生的機構，做了不少因應時代的改革。而在他準備退休時，日本棋院多位要角幾經討論，認為傳統的名人制度，已無法迎合新時代的快速腳步。於是他們同秀哉與其門下眾弟子協商，希望在其引退後即終止傳統名人制。

幾經商討，秀哉也看到了世界變化之快速，同意了終止傳統名人制度，並同意在退休前作最後一盤的正式對局；由日本棋院舉辦極為正式的選拔賽，選出一位棋士與名人對弈。最後，年輕一代的佼佼者木谷實（小說中的「大竹」）技壓群雄，獲得了與「末代名人」對弈的殊榮。一九三八年六月二十六日，「名人引退棋」開弈。垂垂老矣的六十四歲名人，對陣當打之年的二十九歲年輕棋士。而這局棋不論結局如何，都宣布了一個新時代的開始。

以現代的觀點來看，秀哉出戰這場對局實在是不智的。作為引退的特別活動，應該還是有其他選項的。六十四歲對陣二十九歲，體力上的差距實在太大了；整場比賽，可預期地，將是對老名人身體的折磨（後來的情形甚至比預期還慘——中途秀哉因生病住院停賽三個月）。但他自己卻選擇了接受折磨，也許是「求道」的精神讓他走上這個選項的吧……也許他希望在退休之前，再享受一次與對手一同創作一盤具美感的棋局。

細讀《名人》，不難發現作者對秀哉的推崇，與對大竹的略感失望；這是因為他身為文學家，把圍棋當作是一項藝術看吧！圍棋是「藝術」與「競技」兩者的合體；傳統圍棋極度重視圍棋藝術層面，如文中秀哉所說：「這盤棋也就算完了。大竹下了封手，我就不行了。這好比在難得的圖畫上塗了黑墨一樣」。而現代的圍棋，是以競技與勝負為核心；如文中大竹各種的不輕易與名人妥協——要求「棋盤面前，人人平等」的現代精神。很多時候這類的觀念，很難評判其對錯，只是時代不同罷了。而從川端康成的描述，可以讀出他對傳統文化逐漸流逝的惋惜。

作為一篇小說，《名人》極為罕見地使用了大量的真名——事實上，除了將真實世界的木谷實化名為「大竹」外，其他都使用了真名。關於川端康成為何做此決定，最大的可能，應該是他不想直接批評到木谷實吧！畢竟他對小說中的大竹（也就是木谷實）頗有微詞，認為他對待象徵傳統且已如此年邁的名人，卻處處以新時代標準行事，是有失厚道的。

八十年後的今天，圍棋界再一次面臨著時代的轉換——二〇一六年三月，由英國Deepmind公司研發出的圍棋對弈程式Alphago，以四比一擊敗了南韓圍棋界領軍人物李世石；二〇一七年一月，在網路上以六十比零擊敗世界各地眾多九段；二〇一七年五月，以三比零戰勝了世界排名第一的中國棋手柯潔，並在對陣五位世界冠軍聯手的團隊的特別對局中取得了勝利。如今，圍棋AI程式棋力超越人類已是不爭的事實。十年後，大家都將可以用不高的價格買到擁有職業高手棋力的圍棋程式。人類高手們該如何面對這個在競技層面已完全不敵機器的時代呢？是否藝術價值會再度成為圍棋重要的一環呢？

所謂鑑古通今；讓我們來細細品味諾貝爾文學獎得主筆下，「傳統圍棋藝術」引退的時刻；然後再來想想，人類要如何面對這個沒有人能預測五年後世界是什麼樣的時代呢？

（註：今日的名人，已經成為一個比賽，其冠軍在該年即可稱為名人，其意義與含金量是完全比不上傳統名人的）

——張懷一

（張懷一，台灣棋院職業棋士、前台灣圍棋教育推廣協會秘書長）

推薦序

《名人》與「本因坊」與圍棋

在世界各種棋類中大部分是像西洋棋、象棋等均以擒王捕將為主，僅有圍棋以數量計，因此在棋類中是非常特別的。放眼廿一世紀，以西洋棋為代表，但是它的變化已經被電腦算盡，今後無法有很大的發展，相對而言，現在電腦下圍棋與人下圍棋較勁，還有很長的距離，圍棋在世界的人口愈來愈多，已經成為世界很重要的室內遊戲。圍棋能有今日的盛況，是日本的德川幕府三百年間大力提倡所奠下的基礎，川端康成的《名人》正好是見證此三百年的閉幕，以及圍棋進入另一個新時代的作品。

德川幕府的三百年的確是將圍棋在質與量上提升到空前的巔峰，不過《名人》中提及的圍棋發揚光大全在日本，是無法同意的，因為中國圍棋史上也曾留有棋譜證明，也有一些高手達到的水平應與日本名人的棋力是相當的。

「名人」是幕府為了提倡圍棋的一種制度，當時原本便已經有本因坊、安井、井上以及林，四家圍棋世家，是能從幕府領取俸祿的，也就是這四家是幕府所認定的圍棋「家元」，亦即擁有能流傳一種藝能的正統地位。四家之中棋力最高者便頒與「名人」的封號，並給予相當多的俸祿，因此，成為名人則不論名實都是達到巔峰，並且為終身職，一個時代時代僅能有一名人，因為名人在圍棋上權極一時，有時四個世家彼此牽制，讓名人無法誕生而出現從缺的情形。幕府崩潰之後，圍棋世家無法再因為下棋而領取俸祿，或是因為當上名人而得到特別的經濟上的獎勵，但是，棋界還是有讓棋力最強的人就「名人」之位的需要，本因坊家的秀哉也因此成為終身制名人，才會出現「本因坊秀哉名人」這樣的稱呼。

幕府時代的前半是四家勢均力敵，後半則「名人」都從本因坊家出身，力量懸殊，所以幕府崩潰後只有本因坊還有富家等的支持，其他三家均作鳥獸散，原因十分明顯，其他三家均將「家元」（掌門人）職位傳給兒子或是親人，由兒子接班為「跡目」，跡目通常是在家元生前決定的，只有本因坊家有不成文的規定，讓門下第一高手來當跡目，本因坊家一直很遵守此一規定，使得本因坊家免於墜落的命運，「尊重客觀棋力」的想法，拯救了本因坊家，也拯救了日本棋界。這也是日本對於棋力高強者尊重的一個傳統的開始，這與外國棋士如吳清源、林海峰等乃至我本人進入日本棋界，並未遭到排擠很有關係。

秀哉當時身為本因坊的掌門人，也是名人，秀哉在引退後將「本因坊」此一頭銜出讓給當時日本最大的報社「日日新聞」，亦即現在的「每日新聞」；因此「名人」所描寫的此盤引退棋，是幕府三百年支持「家元」制圍棋時代的終結。川端寫的此盤棋的觀戰記，也在報紙連載了半年，得到讀者熱烈好評，圍棋在失去幕府支持，原本面臨絕大危機，但是因為川端的觀戰記轟動，奠下報社刊登棋譜的基礎，這也是中、日、韓由報社等媒體舉辦棋賽新時代的揭幕。

圍棋的變化很多，因此不論中、日都喜歡用圍棋來比喻為人生世事等，就「棋如其人」，認為下棋時人的性格很容易凸顯出來，這是業餘愛棋的人很普通的感受，不過「名人」秀哉認為以棋的內容來揣測下棋者的性格，這是旁門左道，不如專心看棋，對於棋本身不要混入雜物。因為同為職業棋士，所以《名人》文中秀哉說的話，我很能理解，不受性格的束縛而去追求棋道、棋理，是棋士的一個理想境界。但是另一方面，雖然身為職業棋士，我也覺得自己下棋要完全擺脫性格是不可能的，所以一般以棋喻人，也是沒錯的，因此雖說是圍棋，對於圍棋本身也有諸多不同的解讀方法，這是圍棋真正迷人的地方。

川端的《名人》，其實是他自己觀棋的一次體驗，其中相當反應了日本人對於圍棋的看法。這一局棋下了半年，然後再下一天（其間中斷了三個月），川端也幾乎都在場觀棋，所以與下棋的兩位對局者相處的時間非常長，川端在文中吐露，因為自己是業餘下棋人，因此對於棋本身的內容無法全面理解，要寫出這一盤棋的價值，必須先以無條件尊敬的眼光來看這兩位棋士。川端尊敬的態度不但表現在寫觀戰記的過程中，在整個《名人》小說中也四處洋溢，像秀哉是僅有四十公斤身材瘦小的人，但是川端覺得秀哉只要在棋盤邊便是巨人，敬意油然而生，認為這是棋藝的力量，有令人生畏的力量。不過，另一方面在文中也隱約可以感受到川端覺得這兩人離開棋盤，便是很普通的人，不是什麼有趣的人。這也是日本人對於「藝」一直有特殊的感情，只要有過人之處，便會在人心中占一席之地，川端也是一樣，因為他本人身為文人，在日本社會也同樣因此得到尊重，便能享受某種程度的任性，而不受限制與批判。川端對於棋士的態度，也正是日本社會對於川端等文人的態度。

像《名人》中這盤秀哉的引退棋，曾經請吳清源來評棋，當時吳清源說了許多非常技術性的評語，川端相當失望，因為他期待吳清源能說出一些人生哲學，這也是日本人對棋理反映人生道理的一種典型的期待。在我看來吳清源的講評是很貼切的，不過川端並不滿意，這也是日本社會對於棋士的憧憬，想來這或許是我的幸運，因為我自己也是受惠者之一。

川端的《名人》是非常特別的小說，幾乎是敘實，所有人物也都以真名登場，僅有一個部分——大竹七段是假名，然而對於圍棋稍有所知的人都清楚，實際上下棋的是木谷七段，木谷後來收了眾多的徒弟，日本當今的圍棋高手大半都是出自木谷門，木谷是非常知名的棋士，但是川端在全文中僅有木谷未用真名，川端的構想、安排的理由至今仍為一個謎。

關於此一假名的問題，還有一般逸話，就是木谷門下出了一位最具代表性的徒弟大竹英雄九段，因此有人猜測川端當時已經慧眼識「英雄」，所以用大竹為假名。但是，事實上完全沒有這回事，因為川端在寫此書時尚不知道大竹的存在，對於此事最受困擾的是大竹本人，因為像現在世人還知道《名人》的大竹並非大竹英雄，但是再過幾代，後世的人便會弄混，以為此大竹即彼大竹。大竹英雄覺得這樣會對不起恩師木谷，因此曾經拜託川端本人，川端逝世後也曾請求其家人將書中的大竹改名，但是川端或是他的家人都沒答應，因為認為《名人》基本上是小說，而且是高完成度的作品，如果大竹那麼介意的話，可以另外加註。

這是圍棋史上一個耐人尋味的巧合，《名人》是川端的代表作之一，不過讀者會不會下棋，去讀它的感受可能不同，或許「能有各種解讀方法」是圍棋與小說能劃等號的一面。

——王銘琬

《名人》導讀

川端康成愛好圍棋是相當有名的，他在剛識得圍棋的趣味時，曾經寫了一篇文章闡述自己的心境「我深深感到比起讀雜誌的小說，按譜擺棋比較有意思，大概正好開始懂得棋士們個性，最為歡喜的時候吧！也就是成了所謂的《圍棋青年》吧！」從這段文字或許可見大文豪川端對於圍棋的興趣甚至超過小說，他也提及自己真正開始學圍棋是在伊豆湯島溫泉。他的圍棋造詣甚高，日本棋院在一九三八年曾經頒給他初段的證書，除了《名人》之外，還有《吳清源棋談》等與圍棋相關的小說、散文等作品。

《名人》的故事梗概，是描寫第廿一世本因坊秀哉名人在一九四〇年、六十七歲之時逝世，小說中自敘者的「我」（文中名為「浦上秋男」）過去曾寫過報社主辦的秀哉引退棋賽的觀戰記，觀看了秀哉與當時卅歲的尖銳優秀棋士大竹七段的對決，對局長達半年，秀哉忍住病痛全神貫注於追求棋道的此一空前絕後的棋局，像是無我的鬼魅般，但是「不敗的名人」結果敗北，新的時代揭幕，名人結果在一年後逝世，「我」是在名人逝世前最後與名人下了將棋的人，拿了一束花交給坐上裝有名人遺骸靈車的夫人。名人之死，是個人生命的終結，也是傳統藝道的終焉。

秀哉的引退棋賽是先在東京芝紅葉館開始下的，在此一對局中，名人並未享有任何特權，是一場對等的勝負，設有嚴格的規約。例如此一局比賽也是首次設有時間限制的比賽，對於依慣例能相當任性的名人秀哉而言，不大行得通，按古風行事的名人的言行舉止，讓希望遵守規約的對局者的大竹七段十分焦慮，因此甚至想放棄對局，不過事態因為名人病情惡化而告中斷、延期，愈是演成糾紛，但是因為世間對此一對局至為矚目，因此並未中止。大竹七段將休息時間以及封手等靈活運用為一種戰術，相當新穎，尤其是第一百二十一手的封手，便是象徵，也就是以此爭取自己思考時間的行為。觀戰的「我」懷疑這是卑怯的做法，對現代規則不以為然的秀哉，也認為這是盤上塗墨的行為，忍不住激憤，果然繼續下的白棋第一百三十一手便成名人的敗者，「我」對於追求棋道而活在傳統中的秀哉充滿同情，認為秀哉是不知棋盤之外的手腕、策略，而遭受繁複的規則所束縛、受苦，終告敗北，亦即東洋古來藝術的圍棋、精神產物的圍棋，遭規則所象徵的現代的合理主義擊潰。

《名人》的主題，雖為歌頌在藝術之道追求無雜念的純粹魂魄，也就是在棋盤上展開的是一個與俗世不同的世界，「我」在此得以一窺此一異常的勝負世界。但是，作品的核心其實是在強調「死」，這是川端將圍棋的世界比喻為「藝術」與「人生的象徵」，也是對於成為過渡到新時代橋梁的名人的命運一首痛切的輓歌。川端是將引退棋賽的勝、負當作是美、醜來探究，如果以此而言，川端文學中的「美」，其實並非是成功或是美麗事物的複寫，而是接近潛藏在其背後的真實。

因為《名人》是在名人下引退棋之後十多年才寫完的，引退棋雖然是戰時下的，但是作品本身算是戰後的作品，「不敗的名人」在一生最後的勝負棋賽中卻敗北了，抱病戰到精疲力倦，最後還是敗北。因此也有評論家認為《名人》的主題除了藝術、死之外，還有「敗戰」，將日本的敗戰與名人的敗北重疊化，以幻想文學觀點來研究川端的人，加入「魔界」的主題。此外，日本最近有重視「老人力」的熱潮，《名人》、《山之音》以及《睡美人》，均被視為是描寫老人力的重要作品。而《名人》中的老人力不僅如其他兩件作品般，是以老人的情色能力以及無交媾的性愛能力，也還有像秀哉已經病弱到瘦得不能再瘦的程度，卻因頑固而生的執著，放出陰暗但是驚人的力量，然後秀哉從自己的棋藝的巔峰失墜的寂寥的另一面，卻呈現出冥頑不化的模樣，卻也令人感到某種鄉愁，秀哉的姿態也與川端的祖父身影有重疊之處。

日本國內以及國際上愈來愈認為《名人》是川端作品中非常重要的作品，不過相關研究至今不如其他作品之多。例如，不依自然時間順序來加以描寫的手法，以及雖然閉鎖但卻非密室的對局室的構造，加上隨著對局地移動而產生特殊的空間性問題，乃至敘述本身的各種特殊表現等，能研究的課題依然非常多。「我」從頭到尾都是一位觀察者、記錄者，這種「我」的表現手法，在《伊豆的舞孃》以及《雪國》等書中也可以見到，不過《名人》中的觀戰記者在文中完全化成無關的背景人物，這與其他作品的「我」也是當事人有所不同。

《名人》是川端經過長期多次修改加筆才寫成的，最早是在一九三八年東京日日新聞（每日新聞）連載「本因坊名人引退棋觀戰記」，然後是在一九四〇年一月名人逝世之後，連載的「本因坊秀哉名人」。不過，連載因為川端自己生病而告中斷，二年後，再改名發表了「名人」，接下來在一九四三年發表「夕陽」，到了戰後的一九四七、四八年了，又發表了「花」、「未亡人」，經過四次重整後，到五一年才有現在的《名人》的小說原形，後來又再繼續寫「名人生涯」、「名人餘香」、「名人供養」等，變成連作型作品。

《名人》也是川端作品中較少見的實錄型小說，川端本來對於《名人》曾經表示「我對於對局棋士的風貌、表情、動作、語言不用說，連對局時間的天候、房間的模樣以及床間的插花等，均精心記筆記，用在觀戰記上，也有部分加寫在此一作品中。雖然有點過於煩瑣、反覆以及累贅，應該更加以整理，但是現在僅止於此種狀態，或許可以說是忠實的記錄小說。以小說而言，記錄的因素非常多，以記錄而言，則小說的因素很多，棋士的心理全部都是我的推理」，因此，此一作品中讀者能自己探尋什麼因素是記錄，什麼因素是小說，與讀川端其他小書的情趣很不相同！

——劉黎兒

目錄
contents

一

第二十一世本因坊秀哉名人[1]，於昭和十五年一月十八日早晨，在熱海鱗屋旅館與世長辭，享年六十七歲。

在熱海，一月十八日這個忌辰的日子，是很容易記牢的。因為《金色夜叉》[2]中的貫一在熱海海邊說了一句「本月今晚的月亮」的台詞，人們為了紀念他，便

1 一五九〇年日本統治者豐臣秀吉授予棋藝高超的日海和尚「本因坊」稱號，開始了「本因坊」世襲制。到了二十一世本因坊秀哉於一九三七年宣告引退，才決定放棄世襲制度，將本因坊稱號轉讓給日本棋院。「名人」是棋手的最高稱號，可以終身保持，但不能世襲，至一九四〇年秀哉死後，「名人」稱號也被廢除了。

2《金色夜叉》是尾崎紅葉（一八六七—一九〇三）的代表作。貫一是書中的主人公。

把一月十七日訂為紅葉節。秀哉名人的忌辰，就是紅葉節的次日。

歷年紅葉節都舉辦文學性的活動。名人逝世的昭和十五年，紅葉節尤為盛大。除尾崎紅葉外，還有高山樗牛[3]、坪內逍遙[4]，同熱海都結下了不解之緣。為了悼念這三位已故文人，竹田敏彥[5]、大佛次郎[6]、林房雄[7]等三位小說家在這前一年度的作品裏又對熱海作了介紹。熱海市給這三位作家贈送了感謝狀。當時我正在熱海，也出席了這個節日的活動。

十七日晚上，市長在我下榻的聚樂旅館舉行了招待宴會。十八日凌晨，我被電話吵醒，說是名人作古了。我旋即奔赴鱗屋去吊唁，然後折回旅館。吃過早飯，同前來參加紅葉節的作家和市工作人員一起參謁了逍遙的陵墓，並供奉了鮮花，爾後繞到梅園去。在撫松庵舉行的宴會上，我中途溜了出來，去鱗屋給名人的遺容拍了一張照片。過不多久，就目送名人的遺體被運回東京去了。

名人是在一月十五日到達熱海的，十八日就猝然長逝了。好像特地到熱海來作古似的。十六日我曾到旅館造訪名人，並下了兩盤棋。當天傍晚，我回家不久，名人突然發病了。這是名人最後一次同我下他所愛好的將棋[8]。我撰寫過一篇秀哉名人最後一場比賽（告別賽）的觀戰記，還同名人最後對弈了一盤，拍了一張名人最後的頭像（遺容）。

名人同我結下緣分，是從《東京日日（每日）新聞》社選我當告別賽觀戰記者開始的。作為報社舉辦的圍棋賽，那次場面之盛大，可謂空前絕後。六月二十六日在芝公園的紅葉館開始對局，到十二月四日在伊東的暖香園下完這一盤

---

3 高山樗牛（一八七一－一九〇二），文藝評論家。

4 坪內逍遙（一八五九－一九三五），小說家、評論家、劇作家。

5 竹田敏彥（一八九一－一九六一），劇作家、小說家。

6 大佛次郎（一八九七－一九七三），小說家。

7 林房雄（一九〇三－一九七五），小說家。

8 類似我國的象棋。

棋，幾乎花費了半年的時光。斷斷續續地下了十四次。我在報上連載了六十四回觀戰記。不過，棋下到一半，名人便病倒了。八月中旬到十一月中旬休戰了三個月。由於名人病重，這盤棋更顯得悲切了。說不定還是這盤棋奪去了名人的性命呢。下完這盤棋，名人再也恢復不了健康，一年後就離開了人世。

二

這位名人下完告別賽的時間，確切地說，應該是昭和十三年十二月四日下午二時四十二分。下到黑237就終局了。

且說名人默默地在棋盤上填了一個空眼，這時列席的小野田六段說：

「是五目嗎？」這是很有禮貌的說法。他明知名人輸了五目，卻有意這麼說，以圖消除名人的憂鬱，這也許是對名人的一種體貼吧。

「嗯，是五目……」名人嘟囔了一句，抬起紅腫的眼瞼，他已經再也不想擺放棋子了。

擁到對局室來的工作人員，誰都不言語。名人彷彿要緩和一下這種沉悶的氣氛，平靜地說：

「我不入院的話，早該在八月中旬就在箱根結束了。」

然後，他詢問了自己花費的時間。

「白子是十九個小時零五十七分……還有三分鐘，正好是花了一半時間。」

擔任記錄的少女棋手回答道。

「黑子是三十四個小時零十九分……」

高段棋手下一盤棋，一般需要十個小時的光景。惟獨這盤棋，據說規定可花四十個小時，等於延長四倍。最後黑子實際花了三十四個小時零十九分，是耗時相當多的。自從圍棋規定時間以來，這一盤是空前的。

下完這盤棋，正好快到三點，旅館女傭端上了點心。人們依然沉默不語，視線都落在棋盤上。

「吃點年糕紅豆湯怎麼樣？」名人問對手大竹七段。

年輕的七段下完棋，就向名人施禮說：

「先生，謝謝您了。」說罷，他深深地低下了頭，一動也不動，雙手端端正正地放在膝上，白皙的臉顯得更加蒼白了。

名人抹亂了棋盤上的棋子，七段將黑子放進棋盒裏。對於對手，名人沒說一句感想，像平時一樣，若無其事地站起來走了。當然，七段也沒吐露什麼感想。倘使是七段輸了，總該說點什麼的吧。

我也回到自己的房間，偶爾探望一下外面，發現大竹七段動作很快，轉眼換上了棉袍，下到庭院，獨自坐在對面的長凳上。他緊抱雙臂，耷拉下蒼白的臉。冬日臨近黃昏，暮靄朦朧，他在冷颼颼的寬闊庭院裏，陷入了沉思。

我打開了走廊的玻璃門，呼喚道：

「大竹兄，大竹兄。」

他生氣似地稍微掉轉頭，大概是落淚了吧。

我把目光移開，退回屋裏，名人夫人來致意說：

「承蒙長期多方關照……」

我同夫人交談了幾句，大竹七段的身影早已從庭院消失了。接著他又迅速換上帶家徽的禮服，衣冠整齊地帶著自己的妻子到名人和工作人員的房間去致意，也到我的房間來了。

我也到名人的房間去致意。

三

這盤棋下了半年，勝負終於揭曉。次日工作人員也都急匆匆地回家去了。恰巧是伊東線試車的前一天。

年終歲初，是溫泉的旺季。電車通到伊東市鎮，大街小巷都披上了慶賀的新裝，顯出一派繁榮景象。我同被「禁閉」的棋手們一起幽居在旅館的房間裏，當我乘上公共汽車回家時，這個市鎮的裝飾跳入我的眼簾，使我覺得像是從洞窟中解放出來似的。新車站附近，展現出一條條土色的未經鋪設的土路。突擊建築的房屋，一棟棟拔地而起。新開地雜亂無章。在我看來，這是人世間的一種生機。

公共汽車駛出伊東市鎮，在海濱路上，遇上了一群揹著柴禾的婦女，她們手裏拿著貫眾草。有的婦女，用貫眾草把柴禾捆綁起來。我突然覺著人是可親的。心情就像越過高山看見了繚繞上升的炊煙一樣。可以這麼說，這些尋常的準備過年的生活習慣，令我十分懷念。我恍如從異常的世界逃脫了出來。婦女們大概是拾柴禾回家燒飯吧。海，呈現了一派冬日的景色。太陽，顯得暗淡無光，忽然昏沉下來。

但是，就是在公共汽車上，我的腦子裏還浮現著名人的形象。也許是對老名人產生的感情，滲透了我的身心，這才使我感到可親可敬的吧。

工作人員一個個都走了，只剩下老名人夫婦留在伊東旅館裏。

「常勝名人」在一生中最後一次的圍棋賽上敗北了。因此應該是名人最不願意在對局室裏停留。再說，名人帶病參戰，要消除疲勞，也應該盡早換個地方才是。然而難道是名人對此心不在焉，或是感覺遲鈍？連工作人員和觀戰的我，都覺得再不能在這裏待下去，趕緊逃脫似地回到家裏去了，惟獨失利的名人卻留下來。他這種鬱悶而乏味的生活，任憑人們去想像吧。他本人大概依然像往常一樣若無其事，茫然地坐著。

名人的對手大竹七段早已回家去了。他和沒有孩子的名人不同，有著一個熱鬧的家庭。

記得下完這盤棋兩、三年之後，我曾接到大竹七段的夫人來信，提到他家有十六口人。我想，在一個十六口人的大家庭裏，或許可以領略到七段的性格或生活作風，於是便想去拜訪他家。後來，七段的父親去世了，十六口人變成了十五口，我曾去吊唁過。雖說是吊唁，也是在舉行過葬禮一個月以後才去的。這是我第一次造訪七段的家。七段不在，夫人親切地接待了我，把我請進了客廳。夫人寒暄過後，站到門口去了。

她說了句「來，把大家都叫來」，便傳來了吧噠吧噠的腳步聲，四、五個少年走進客廳，以孩子的立正姿勢排成一行。他們是十一、二歲到二十歲上下的青少年，好像都是弟子。其中雜著一個少女，她臉頰緋紅，身體滾圓，但個子高大。

夫人將我給他們介紹了之後，說了聲「請向先生致意」，弟子們立即低頭行禮。我感受到這個家庭的溫暖。這種禮儀是很自然的，毫無矯揉造作的痕跡。少年們一離開客廳，就聽見他們在這座寬闊的房子裏嬉戲的吵嚷聲。在夫人的勸導下，我登上了二樓，請內弟子同我練習了一盤，夫人不時地給我端來食物。我在這家待了很長的時間。

說一家十六口人，是包括這些弟子在內的。內弟子有四、五人，但年輕棋手只有大竹七段一人。足見他有很好的人緣和收入。再說，大竹七段是個溺愛孩子和體貼家眷的人，因而就出現了這種情形吧。

這期間，大竹七段作為名人告別賽的對手，整天幽居在旅館裏。對局的日子，傍晚時分中途暫停，他總是馬上回到自己的房間給夫人掛電話。

「今天我和先生下了幾手。」

大竹七段只談這點，不至於失慎洩露出去，讓對方估摸到棋局。只要從七段的房間傳來這種電話聲，我就不能不對他懷有好感。

四

在芝紅葉館舉行的開局儀式上，黑子白子都只下了一手，第二天也只進行到十二手。然後決定將對局場地轉移到箱根去。名人、大竹七段，還有工作人員一起出發，抵達堂島對星館的當天，沒有繼續對弈，對弈者之間也沒發生齟齬。傍晚時分，名人還喝了將近一瓶酒，心情十分舒暢，甚至談笑風生。

他們先被請到客廳裏，從客廳的津輕漆[9]大桌子談到漆器的故事。

「記得有一回，我見到一個漆棋盤。不是塗漆，而是裏裏外外全部用漆精心製作的。據說，那是青森漆器工匠由於愛好而製造的。花了整整二十五年的工夫。大概是要等漆乾以後，在上面再塗，這才花了那麼長的時間吧。棋盒和箱子都是漆器。他把它拿到博覽會上，標價五千元，可賣不出去。於是他拿到日本棋院，要求人家照顧，出三千元。不管怎麼說，那傢伙是很重的。比我還重。足有四十多公斤呢。」

名人說罷，望了望大竹七段。

「大竹，你又發胖了。」

「六十公斤……」

「哦？你正好比我重一倍。年齡卻還不到我的一半……」

「已經三十了。先生，真不好意思呀。三十……到先生府上學習的時候，我是很瘦的哩。」大竹七段回憶起少年時代的往事。

「在打攪府上的時候，我生病了，還得到師母的悉心照料呢。」

9 青森縣弘前市附近生產的漆器。

接著話題又從七段夫人的娘家信州溫泉浴場轉到家庭問題。大竹七段二十三歲上就結婚，那時還是五段，生了三個孩子，收了三個徒弟，全家共十口人。據說，七段的六歲長女對圍棋邊看邊學，久而久之，也無師自通了。

「前些時候，我讓她九個子，還留下棋譜呢。」

「哦，讓了九個子？了不起啊。」名人也說了一句。

「四歲的老二也懂得叫吃。是不是有天分還不清楚，如果有發展前途……」

在座的人都不知如何回答才好。

棋壇頭號人物七段，以六歲和四歲的女兒為對手對弈，他彷彿在認真考慮：自己的幼女若有天分，讓她也同自己一樣，成為一名棋手就好了。一般說，圍棋的天分十歲左右就能表現出來，這個時候不學習就不能成材。在我聽來，大竹七段的話有點奇怪。他迷上圍棋，從不厭倦，也許是還年輕，才三十歲的緣故吧，我想，他的家庭肯定是很幸福的。

當時，名人在世田谷的家占地二百六十坪，建築面積八十坪，庭院比較窄小。他說，他想把這裏賣掉，遷到庭院比這裏大一點的地方去。我們還想談談他家庭的事。可如今他只和夫人過日子，已經不再收弟子了。

五

名人打聖路加醫院出院後，已經三個月沒有下圍棋了，現在又在伊東的暖香園繼續對弈。第一天，黑101到105，僅進行了五手，就出現了糾紛，下次哪天續弈也定不下來。名人病倒，大竹七段又不同意改變對局條件，而堅持放棄這盤棋。這場糾紛，比箱根那次還難以解決。

對弈者和工作人員都閑居在旅館裏，白白地度過了鬱悶的日子。因此名人曾到川奈去散心。名人本來不愛出門，現在卻自己主動地出去了。這是十分罕見的。名人同他的弟子村島五段、負責記錄的少女棋手和我同路。

可是，一走進川奈觀光旅館，就坐在大廳裏款式新穎的椅子上，一邊歇息一邊喝點紅茶。對名人來說，這可完全不相稱。

大廳四周鑲上玻璃，它呈圓形地從本館伸向庭院，像個瞭望室或日光室。從那裏可以看見鋪滿草坪的寬闊庭院的左右兩側，那裏有兩個高爾夫球場；一是富士球場，一是大島球場。庭院和高爾夫球場的前邊就是海。

很早以前，我就很喜歡川奈這種明朗而開闊的景色，我很希望鬱鬱寡歡的名人去欣賞和享受一番，於是悄悄地觀察名人的情況。名人恍恍惚惚的，不像是在觀賞景色的樣子。視線也不投向周圍的客人。他不動聲色，也沒有說一句有關景致或飯店的話，照例由夫人來周旋。她讚賞風光佳美，並問名人有沒有同感。名人不點頭，也不反對。

我很想讓名人到陽光燦爛的室外去，便邀他進了庭院。

「走吧，外面暖和，不要緊的。你一定會感到舒暢的。」夫人替我催促名人。名人並不那麼排斥。

這是一個小陽春的天氣。大島依稀可辨。不很暖和的海面上，老鷹在翱翔。庭院的草坪邊緣立著一排松樹，把海鑲上了一道綠邊。可以看見好幾組新婚旅行的人，星星點點地分散在這草坪和海之間的一條線上。也許是置於寬闊而明朗的景色之中的緣故，沒有顯出新婚旅行的不自然，倒顯得溫文典雅。新娘子的衣裳上現出了海和松樹的色彩，極目遠望，呈現出一派朝氣篷勃的景象，使人更覺得幸福而新鮮。到這裏來的新婚夫婦，都是富家的新郎新娘。我帶著近似悔恨的羨慕心情，對名人說：

「那些人都是來新婚旅行的。」

「沒什麼意思吧。」名人嘟噥了一句。

很久之後，我還回憶起名人那副毫無表情地嘟噥的形象。

我想在草坪上轉悠，也想在草坪上坐一會兒，可是名人只在一個地方佇立不動，我也只好在旁相陪。

歸途中，我們駕車繞過一個碧綠的小湖。在晚秋的午後，這個小湖也顯得格外的幽靜，意外地美。名人也從車廂裏出來，站著觀賞了一會兒。

川奈飯店富麗堂皇。翌日清晨，我又去邀大竹七段。也是出於一片好心，我想：要是能消除七段那股彆扭勁兒就好了。我也邀請了日本棋院的八幡幹事和《東京日日新聞》的砂田記者一同前往。我們白天在飯店庭院農村風味的房子裏吃壽喜燒，一直笑談到傍晚。從前我曾應舞蹈家們同大倉喜七郎的邀請，來過川奈飯店；自己也曾來過，所以我可以當嚮導。

從川奈回來之後，這盤棋的糾紛又繼續發展下去。我只不過是旁觀者，最後連我也當了本因坊名人和大竹七段之間的斡旋人。這盤棋好歹又於十一月二十五日繼續下去了。

名人身旁放了一個梧桐木大火盆，後來他讓人把另一個長火盆擱在他的背後。水壺的蒸氣騰騰上升。由於七段勸說「請隨便吧」，他也就依然繫著圍巾，裹著防寒服，它似乎是毛線裹、毛毯面的，類似短和服外褂。在他自己的房間裏，他也離不開這些東西。據說當天他發起低燒來了。

「先生的正常體溫是……」面對棋盤的大竹七段問道。

「是啊，通常是三十五度七、八或九，在這之間徘徊，不曾到過三十六度。」名人輕聲回答，好像回味著什麼。

另一次，別人問到名人的身高時，他說：

「徵兵檢查時是四尺九寸九，後來又長了三分，成了五尺零二分。上了年紀，人也萎縮了，現在是五尺整。」

箱根一戰，名人病倒了，醫生診察時說：

「他的體質像個發育不健全的孩子，連腿肚子幾乎都沒有肉呀。按這種體質，恐怕連運動自己身體的力氣都沒有哩。也不能讓他喝成年人的藥量，只能喝十三、四歲孩子的分量，不然……」

六

在棋盤前一落坐，名人就顯得很高大。這當然是全靠他的地位、修養和藝術的力量。他身高五尺，上身卻很長。臉盤又長又大，鼻、嘴和耳朵等也都很大。特別是下顎向前突出。在我拍的那張遺容照片上，這些特徵也都很顯著。

名人遺容的照片拍得怎麼樣呢？沖洗之前，我很是擔心。我早就拜託在九段的野野宮照相館沖洗了。我將膠卷送到野野宮手裏的時候，曾告訴他我拍的是名人的遺容，希望他一定要精心沖洗。

紅葉節過後，我便回家，不久又到熱海去了。我一再叮囑妻子，倘若野野宮將遺容照片送到鎌倉家，務必差人送到聚樂旅館來，她自己決不要看這張照片，也不要讓別人看。因為這張照片是我這個外行人拍攝的，倘使把名人的遺容拍得很醜陋或者很淒愴，再讓別人看見後張揚出去，會有損名人的威望。如果照片拍得不好，我也不讓名人的遺孀和弟子們看，打算把它付諸一炬。我的照相機快門出了毛病，也許就沒拍好。

當時我同參加紅葉節的人們在梅園撫松庵一起吃午飯，正品嘗壽喜燒火雞肉的時候，妻子掛來電話，轉告了遺屬的話：希望我能給名人的遺容拍張照片。那天早晨，我去瞻仰了名人的遺容，回家以後靈機一動，便託隨後前去吊唁的妻子捎了個口信：倘若遺屬希望用石膏拓下死者的面型，或者拍死者的遺容，我也會欣然承諾。據說，名人的遺孀曾表示她不喜歡石膏面型，想拜託我給拍張照片。

然而，到了真要拍攝的時候，我又感到拍這張照片責任重大，沒有信心。再說我的照相機快門常常失靈，可能拍不成功。幸虧當時有位攝影師從東京來這裏拍攝紅葉節情況，也住在撫松庵，我便拜託他，請他給拍張名人遺容的照片。攝影師欣然答應。我貿然地把同名人毫無交情的攝影師帶去，名人的遺孀也許不願意，但他肯定比我拍得好。紅葉節的主辦人卻露出為難的神色說：讓專程前來拍攝紅葉節的攝影師去幹別的事可不好辦。這也言之成理。從今早起，只有我一個人為名人的死動心。我的心情同參加紅葉節的人很不協調。我請攝影師幫我檢查照相機快門的故障。攝影師指點我：打開快門，用手掌遮擋替代快門就成。他給我裝了新的膠卷。我驅車奔赴鱗屋旅館。

停放名人遺體的房間，嚴嚴實實地閉著擋雨板，亮著電燈。名人遺孀和她弟弟，同我一起走了進去。

「太黑暗了，開窗吧？」她弟弟說。

我大概拍了十張。我一邊按照攝影師的指點，打開快門，用手掌遮擋替代快門試著操作，一邊暗自禱告快門不要中途卡住，雖然很想多變換些拍攝的方向和角度，但我是一心來禮拜的，不能冒冒失失地在遺體周圍隨便走動，只能坐定在一個地方。

從鎌倉的家裏將照片送來時，妻子在野野宮照相館的口袋上寫了這麼幾句話：

這是野野宮剛送來的。內容我沒看……據他說撒豆[10]是在四日五時，屆時請到神社辦事處去。

鶴岡八幡宮撒豆，是由鎌倉的文人墨客充當撒豆人。這時節也快到了。

我從口袋裏取出照片一看，不由得「啊」了一聲，被那遺容吸引住了。照片拍得極好，就像活著酣睡的樣子，而且充滿了死的安詳氣氛。

我是坐在仰臥著的名人身旁拍攝的，死者沒有枕枕頭，臉龐稍微隆起，側臉顯得有點斜仰，饒有風采。那明顯突出的顎骨和微張的大嘴尤其引人矚目。那鼻子高大得令人望而生畏。從合上眼瞼的皺折到額頭濃重的陰影，都露出深深的哀愁。

從半掩的窗戶透射進來的光線，灑落在他的衣服下襬。在天花板的燈光照耀下，我從他腳前看上去，他頭部稍低，額頭有陰影。光線照射到下巴頰、臉頰，乃至下陷的眼瞼和眉頭，落在鼻頭上。再仔細端詳，下唇也有陰影，上唇卻承受著亮光，上下唇之間的嘴裏也有濃重的陰影，只有一顆上齒是光閃閃的。原來短短的唇髭裏夾雜著白色的毛。照片上，正面的右臉頰長有兩顆大黑痣，它們也投下了陰影。從鬢角到額上暴出的血管投下的陰影，也都拍攝出來了。陰暗的額上也顯出了橫皺紋。留短平頭的髮上有一處照到亮光。然而名人的頭髮很粗硬。

10 日本風俗：立春前夕撒豆驅邪。

七

看到的兩顆大黑痣是在右臉頰上，右邊眉毛顯得非常的長。眉梢在眼瞼上方劃出一道弓形，增添了仁愛的色彩。

然而，這長眉毛卻引起了我的哀傷。名人逝世前兩天，即一月十六日，我們夫婦倆到鱗屋旅館去拜訪過名人。

「對，對，早就想一見到您就馬上告訴您的，他那長眉毛的事……」夫人向名人投以誘導的目光，然後轉臉對我說：

「的確是十二日。天氣稍暖。為了到熱海去，得剃剃鬍子，修修邊幅，於是叫了個熟悉的理髮師來，在太陽照到的廊道上刮臉，這時他忽然想起似地說：師傅，我的左眉毛上長了一根特別長的毛吧？師傅，據說長眉毛是長命相，請你多加小心，別把它剃掉囉。理髮師『欸』地應了聲，歇了歇手，接著說：有，有，先生就是這根吧。這是福氣眉。您是長壽相啊！明白了。我會留意的。內子還衝著我說：喏，浦上君給報紙寫的觀戰記不是也提到這根眉毛嗎？浦上這個人觀察得真細致啊。連一根長眉毛，他都注意到了，可我自己卻沒有發覺。他這樣說了。看樣子他很佩服您吶。」

名人照例沉默不語，突然露出陰沉的神情。我暗自慚愧。

然而，這根象徵長命相的長眉毛，沒有被理髮師剪掉的故事卻沒有應驗，誰知兩天後，名人竟溘然長逝了。

再說，發現老人的眉上長著一根長毛，還把它寫出來，雖說是無聊，當時確是一個悲痛的場面。即使是發現一根眉毛，彷彿也得救了似的。我曾這樣記錄了那天在箱根奈良屋旅館觀戰的情景。

——本因坊夫人陪同老名人一直住在旅館裏。大竹夫人有三個孩子，大的才六歲，她得往返箱根和平塚之間。從旁看來，這兩位夫人的苦心，也是著實令人同情。八月十日，名人第二次帶病續弈，兩位夫人都是臉無血色，驟然消瘦，全都變了樣。

對局期間，名人的夫人從來不曾待在他的身旁，惟獨這天，她寸步不離地守候在隔壁房間裏，細心觀察名人的一舉一動。她不是在觀賞對弈，而是無法將目光從生病的丈夫身上移開。

另一方面，大竹夫人決不在對局室裏露面，她坐立不安地在走廊上來回踱步，說不定是由於想不出主意，她走進了工作人員的房間。

「大竹還在思考吶？」

「嗯，看樣子，正處在困難的時候。」

「就說思考吧，要是昨天夜裏睡得好，可能還好受些……」

同病中的名人續弈究竟是對還是不對？大竹七段從昨天起一直在考慮這個問題，他思緒萬千，一分鐘也不曾入眠，就參加了今早的戰鬥。而且約好中途暫停時間是十二點半，剛好輪到黑子。現在快一點半了，封盤還沒能決定下來，哪還顧得上吃午飯呢。夫人在房間裏等候，自然坐立不安。夫人昨夜又何曾合過眼呢。

只有一人無牽無掛，那就是大竹二世。他是八個月的初生嬰兒，長得確實俊秀，令人感到：要是有人問大竹七段的精神如何，只需看看這個嬰兒就一目了然了。這個嬰兒俊極了，簡直是七段的精神象徵。我今天無論看到哪個成年人都覺得難受，唯獨看見這個嬰兒桃太郎[11]，卻使我得到一點慰藉，彷彿頓時得救了似的。

這天，我頭一次發現本因坊名人的眉毛上有一根一寸長的白毛。名人眼瞼浮腫，臉暴青筋——這根長眉毛，倒也給人一種寬慰感。

---

11 日本童話故事中的主人公，他神通廣大，率領犬、猿、野雞等去征服鬼島上的一切妖魔鬼怪。

應該說，對局室簡直是鬼氣逼人。站在走廊上，偶然俯視夏陽燦爛的庭院，看見一位摩登小姐熱中於給池子裏的鯉魚投放麩餅，我就像望著什麼奇異的東西，甚至不相信那是同一個世界的事。

名人夫人和大竹夫人的面容乾裂而蒼白。對局一開始，名人夫人照例離開房間。可是，今天她馬上又折回來，從隔壁的房間繼續注視著名人。小野田六段閉上眼睛，把頭垂下來。觀戰的村松梢風露出了一副目不忍睹的樣子。連大竹七段也一聲不吭，不敢正視自己的對手——名人。

白子啟封90。名人錯下了92，忽左忽右地歪著腦袋。經過一小時零九分長考，白走94——名人時而閉目養神，時而左顧右盼，時而又強忍噁心似地耷拉下頭，痛苦萬狀。他一反常態，顯出有氣無力的樣子。也許這是在逆光下看名人的緣故吧。他的臉部輪廓朦朧鬆弛，彷彿是一個鬼魂。對局室裏安寧靜謐，異乎尋常，95、96、97……不斷在棋盤上放子的聲音彷彿在空谷中迴蕩，十分驚人。

白98，名人又沉思了半個多小時。他微張開嘴，眨巴著眼睛，搧著扇子，好像要把靈魂深處的火焰搧旺。難道要這樣對弈下去嗎？

這時，安永四段走進對局室，跪坐在門檻前，雙手著地，誠心誠意地施了個禮。這是虔誠的禮拜。兩位棋手沒有察覺。名人和七段每次朝向這邊，安永總恭恭敬敬地垂下頭來。簡直是除了如此頂禮膜拜之外，別無他事了。這莫非是鬼神的淒愴的對局？

白走98之後不久，少女記錄員就報時十二點二十九分。接著的三十分鐘是封手的時間。

六段對名人說，「老師，要是累了，請在那邊休息。」

從盥洗間折回來的大竹七段也說：「您歇歇吧，請隨便……讓我一個人思考，把棋子封起來……決不同別人商量。」大家這才第一次爆發出笑聲。

這是照顧，不忍心讓名人在棋盤前繼續坐下去。爾後由大竹七段獨自封99。

名人也就不一定非要在場不可了。名人歪著脖頸沉思：是站起來走呢，還是坐著不動。

「請稍候片刻……」

不大一會兒，名人到盥洗間去了，然後再來到隔壁的房間，同村松梢風他們說說笑笑。他一離開棋盤，就格外精神。

只剩下大竹七段一人，他目不轉睛地盯著右下角的白模樣。他思考了一小時零十三分，過了一點鐘，封了棋，這就是在中原99的刺。

那天早上，工作人員來到名人房間，就今天的對局是在分館還是在本館二樓舉行，徵求意見。

「我已經連庭院也去不了啦，所以希望在本館進行。不過，上次大竹說過，本館這邊瀑布聲太大，還是請你問問大竹吧。按大竹的意見辦好囉。」

這就是名人的回答。

八

我在觀戰記中所寫的名人的眉毛，是左眉上的一根白毛。可是，遺容的照片上，右眉毛全都顯得很長。不至於是名人死後突然長起來的吧。名人的眉毛是這樣長的嗎？照片誇大了右眉毛的長，這是確實無疑的。

我完全不用擔心照片會不會照壞，照相機是德國康泰司牌的鏡頭，用一點五光圈拍攝的，即使我的技術和工夫不到家，鏡頭還是可以發揮作用。鏡頭不管你是活人還是死人，是人還是物，都不會覺得傷感，也不至於膜拜。大概是我的使用方法不錯，用一點五光圈就拍好了。遺容的照片能拍得如此豐滿，如此柔和，也許是鏡頭的關係吧。

然而，照片上名人的感情滲透了我的心。也許是名人的遺容流露出感情了。的確，那副遺容是流露了感情的。可是這位故人是已經沒有感情的了。想到這裏，我就覺得這張照片不是活的也不是死的，拍得就像活人在酣睡似的。但是，我並不是這個意思。即使把它看作遺容的照片，也使人覺得這裏存在著不是活也不是死的東西。大概是因為依然拍了活臉的緣故吧。這張臉令人回想起名人生前的許多往事。或許這不是遺容本身，而是由於遺容的照片勾引起來的。顯然，遺容的照片要比遺容清晰得多，這也是很奇怪的。我甚至想：從這張照片上是不是應該看到什麼秘密的象徵呢。

後來，我還是後悔，拍遺容這種行為未免太輕率了。遺容的照片，恐怕也不應該保存吧。不過，從這張照片看，名人那不平凡的生涯引起了我的共鳴，這也是事實。

名人決不是美男子，也不是富貴相。毋寧說是一副粗野的窮相。不論取其哪個部分，五官都不美。比如說耳朵吧，耳垂像壓壞了似的。嘴大眼細。然而由於長年累月經受棋藝的磨煉，他面向棋盤時的形象顯得高大而穩重，彷彿在遺容照片上也蕩漾著靈魂的氣息。他像是酣睡著，合上的眼瞼露出一條細縫，蘊含著深沉的哀愁。

我把視線從名人的遺容移到他胸部，只見他像一具木偶，裹著帶六角形圖案的粗布衣裳，露出了一個腦袋。這件大島產的圖案衣裳是在名人身後由家裏人給換上的，很不合身，肩膀處鼓鼓囊囊的。儘管如此，我總感到名人的屍體彷彿沒有了下半截身子似的。「看來到了最後他已經完全沒有挪動自己身體的力氣了。」一這是醫生在箱根所描繪的名人的腰腿。人們將名人的遺體從鱗屋旅館搬上汽車時，名人頭部以下的軀體好像也沒有了。我作為觀戰記者，最初看到的是坐著的名人那單薄的小小的膝蓋。遺容的照片也只是照了臉部，好像那裏只有一個頭，令人望而生畏。看上去，這張照片也像非現實的東西。在這張照片上留下的，也許是一張由於一心撲在棋藝上而喪失了許多現實的東西、最後落得悲劇下場的人的臉，也許是一張殉身於命運的人的臉。正如秀哉名人的棋藝以這盤告別棋而告終一樣，他的生命也宣告結束了。

九

舉行開棋式的做法，除了這次告別賽之外，恐怕是沒有先例的。黑白各下一手之後，慶祝宴會就開始了。

昭和十三年六月二十六日，綿綿的梅雨天開始放晴。天空飄浮著淡淡的夏雲。芝公園紅葉館的庭院裏，蒼松翠竹被雨水沖刷一新，稀疏的竹葉上閃爍著強烈的陽光。

一樓大廳壁龕正面，坐著本因坊名人和挑戰者大竹七段……名人的左側，還有將棋名人關根十三世、名人木村、聯珠棋[12]名人高木。也就是說，四位名人並排而坐。將棋和聯珠棋的名人在觀摩圍棋名人的對局。這些名人是應報社的邀請齊聚一堂的。我作為觀戰記者，坐在高木名人旁邊。大竹七段右側，坐著舉辦這場棋賽的報社主筆和主編、日本棋院的理事和監事、三位七段圍棋長老，以及列席棋賽的小野田六段。本因坊門下的棋手也出席了。

身穿帶家徽禮服的一行人端正地坐定以後，主筆便致開幕詞。將棋盤擺在大廳中央時，在座的人都倒吸了一口氣。名人平時面對棋盤的習慣又表現了出來，他輕輕地把左肩耷拉下來。他那雙瘦小的膝蓋顯得單薄。扇子卻是非常之大。大竹七段合上眼睛，前後左右地搖晃著腦袋。

名人站了起來，手裏拿著扇子，猶如古代武士自然會攜帶腰刀前來的樣子。在棋盤前落坐後，他將左手插進裙褲裏，輕輕地握住右手，對著正面仰起頭來。大竹七段也坐下，向名人施了個禮，便將棋盤上的棋盒放在右側，然後再施了個禮，就閉上眼睛，一動也不動了。

「開始吧！」名人催促說。聲音雖小，卻很激昂。簡直像在說：你在幹什麼！是名人看見七段裝模作樣覺得討厭呢，還是名人表現了昂揚的鬥志？七段不以為然，睜開了眼睛，馬上又合上。後來在伊東旅館對局那天早上，大竹七段也如同念誦《法華經》一樣，閉目養神，喃喃自語。過了片刻，傳來了放圍棋子的響亮聲音。那是上午十一時四十分了。

是新佈局[13]還是舊佈局，是「星位」還是「小目」？大竹七段是擺新陣勢還是維持舊陣勢？這引起了世人的矚目。但是，黑方第一手是在右上角「17・四」，這「小目」是舊佈局。黑一「小目」，解答了這盤棋的一個大疑問。

對這著「小目」，名人一邊在膝上盤指，一邊注視著棋盤。這場面，報社拍了許多照片和新聞紀錄片。在刺眼的燈光下，名人噘起雙唇，把嘴緊緊閉攏，旁若無人似的。我觀看名人下棋，這是第三局，我覺得只要名人在棋盤前坐下，就

---

12 聯珠棋，棋戲之一，黑白雙方在棋盤上交替投子，先連成五子者為勝。

13 一盤圍棋大體分三個階段，即佈局、中盤、收官。

會生出一股習習和風，使周圍變得清爽暢快。

過了五分鐘，名人忘了封盤，不留神地擺了個要下子的手勢，大竹七段替代名人說：

「決定封盤了。」

「先生，畢竟還是隔了一段時間沒下棋，不順手啊。」

在日本棋院幹事的引領下，名人獨自退到隔壁的房間裏去。關上中間的隔扇，在棋譜上寫下了第二手，然後放進信封裏。除了封盤的人，如果其他人看見了，就不算是封盤了。

過了一會兒，名人又回到棋盤前，說：

「沒有水呀。」他用兩根手指蘸了點唾沫，將信封封上，在封口上簽了自己的名字。七段也在下方封口上簽了名。然後將這個信封，套在另一個大信封裏，工作人員在加封處簽了名。隨後存放在紅葉館的保險櫃裏。

就這樣，今天的開棋式就算結束了。

木村伊兵衛說要拍張照片向海外介紹，所以又讓兩位棋手擺出對弈的姿勢。拍攝完畢，滿座的人都如釋重負，隨便起來了。長老七段們也走近棋盤，圍觀這一盤棋。有的說白厚三分六厘，有的說八厘，也有的說九厘，眾說紛紜。正在這裏，將棋名人木村從旁插話說：

「這是最好的棋子吧，讓我來掂掂看。」說著，抓起一把放在掌心上端詳。這樣的對局，倘使能下一手，就是在棋盤上鍍一層金。因而人們總願意把心愛的棋盤送來，不管送多少個。

休息片刻，慶祝宴會開始了。

列席這次開棋式的三位名人的年齡是：將棋名人木村三十四歲，名人關根十三世七十一歲，聯珠棋名人高木五十一歲。都是虛歲。

十

本因坊名人生於明治七年，兩、三天前剛過六十五壽辰。鑒於日華事變[14]後的時局，只好在家中慶祝了。

翌日續弈之前，名人說：「紅葉館的建成，同我的生日，究竟誰在先呢？」他還談到明治年代的村賴秀甫八段和本因坊秀榮名人也都在這個家裏下棋。

翌日的對局室設在二樓，那裏的陳設古色古香，很有明治時代的氣氛。從隔扇到氣窗全飾有紅葉，圍在一角的金色屏風也繪上了光琳[15]風格的豔麗紅葉。壁龕裏插有八角金盤和西番蓮。整個套間——一間十八鋪席，一間十五鋪席——都打通了，大朵花也並不刺眼。西番蓮的花有點凋謝了。只有梳著髮髮[16]插上花簪的少女，不時前來換茶。此外再沒有別人進出。名人的白扇子映在盛著冰水的黑漆盤裏，靜有中動。觀戰者只有我一人。

大竹七段身穿帶家徽的黑色羅紗短外褂。今天，也許是有點隨便，名人只穿著帶刺繡家徽的短外褂。棋盤和昨天的也不相同。

昨天黑白各下一手，不久就舉行慶祝典禮了。可以說真正的交鋒是從今天開始。大竹七段剛要搧扇子，雙臂卻交叉放在背後，然後將扇子豎放在膝上，把臂肘支在上面，雙手托腮，形似扇座。他思考著黑三手。瞧，名人的呼吸變得急促，肩膀都聳起來了。但是，他並不慌亂。胸部還是很有規律地起伏。在我看來，像有什麼強烈的情緒緊逼上來，也像有什麼東西藏在名人心中。名人本人似

---

14 指一九三七年七月七日蘆溝橋事變，那天日本軍國主義對中國開始了全面侵略。

15 尾形光琳（一六五八—一七一六），江戶中期的畫家。

16 日本少女的一種髮型，梳成左右兩個圓形髮髻。

乎沒有發覺。我仍然感到心中受到壓抑。這只是短暫的時間，名人的呼吸又自然地恢復平靜了。不知不覺間又恢復了安穩的節奏。我想，這可能是名人面臨戰鬥，暗下決心的表現吧。也可能是名人無意識地迎來了靈感，因而產生了這樣的行動吧。或是已經燃起鬥志，氣勢逼人，進入了明淨無我的三昧境界[17]。莫非他成為「常勝名人」的原因也在這裏嗎？

大竹七段坐到棋盤旁邊之前，事先向名人殷勤地招呼說：

「先生，我解手次數頻繁，對局中難免失禮。」

「我也頻繁嘛，有時半夜裏也得起來三趟。」名人喃喃地說。名人對七段的體質不甚瞭解。我覺得挺可笑的。

像我這樣的人，一伏在辦公桌上，小便就頻繁，還要一個勁地喝茶水，有時還鬧神經性瀉肚子。大竹七段則更趨極端了。就是在日本棋院舉辦的春秋兩季升段賽上，大竹七段也把大茶壺放在身邊，不停地喝著粗茶。那時節，大竹七段的好對手六段吳清源[18]也是如此，只要對著棋盤，小便就多了。四、五個小時的對局中，我曾試數了一下，約莫在十次以上。吳六段並不那麼愛喝茶，他每回解手，都能聽見聲音，真是難以想像。大竹七段不僅小解。他一上廁所，裙褲自不用說，連帶子也是在走廊上邊走邊解。挺古怪的。

思考六分鐘後，黑走3，說了聲「對不起」，旋即離席而去。接著走5，又去了一次。

「對不起。」

名人從和服袖筒裏撿出一支敷島牌香菸，慢條斯理地點燃了火。

大竹七段為思考這五手，時而把雙手揣在懷裏，時而交抱雙臂，時而又兩手扶在雙膝旁，或者去收拾棋盤上連肉眼也看不見的灰塵，還把對手的白子翻了過

17 佛教的三昧，即正定、專一、虛寂。
18 吳清源一九一四年生於中國福建省，一九二八年移居日本，後來成為圍棋九段。

來。其實是把正面翻上來。若說白子有正反面之分，那麼蛤貝內側、沒有紋理那面是正面。這種事情，誰都不會在意。然而大竹七段有時卻將名人無所謂地下的反面白子，抓起來翻了個過兒。

這是對局時他的態度。

「先生很穩靜，我也被您拉過去，鼓不起勁來了。」大竹七段半開玩笑地說。

「我覺得還是熱鬧些好，太冷靜，反而累人。」

七段有個習慣，就是一邊對局，一邊喋喋不休地說些無聊的笑話。名人卻佯裝聽不見，不予答理。他唱獨角戲，也就沒勁兒；同名人對局時，也只好比平時少說幾句了。

人到中年，面對棋盤自然而然地變得輕靈飄灑，如今不重視禮節，也許正由於這一點，年輕棋手時而扭動身體，時而露出怪樣。我每次看到這種模樣，便產生一種異樣的感覺。有一回，日本棋院舉行升段賽，一位年輕四段一邊對弈，一邊利用對手還沒下子的間隙，把一本文藝同人雜誌展放在膝上，讀起小說來。對手一落棋，他就抬頭思考，爾後自己下了一著。輪到對手思考，他又佯裝不知，把視線落在同人雜誌上。簡直是高傲無禮，差點觸怒了對手。後來我聽說，這位四段不久就瘋了。恐怕是對手在思考時他那病弱的神經無法忍受吧。

有人說，大竹七段和吳清源六段曾向某心靈學家求教，問贏棋時應持什麼態度。心靈學家回答說：在對手思考時，最好仍是專心致志。據說曾列席觀看本因坊名人告別賽的小野田六段在幾年之後，即在他死前不久，不僅在日本棋院舉辦的升段賽中大獲全勝，而且棋藝的高超，也令人瞠目而視。對局的態度確實非同凡響。對手下子的時候，他靜靜地瞑目養神，彷彿擺脫了獲勝的欲望。升段賽結束後，他便住進了醫院，自己也不知道是得了胃癌，就去世了。大竹七段少年時代的恩師久保松六段也在死前的升段賽中取得了優異的成績。

名人和大竹七段在對局的緊張氣氛中，表面上也表現出正相反的態勢。比如靜與動，反應遲鈍與反應敏捷。名人一埋頭圍棋，絕不上盥洗間。一般說，只要觀察對弈者的表情和臉色，就大體能弄清棋勢了。據說，唯獨名人難以摸透。七段的棋，反應並不敏捷，相反卻表現了一種強勁的棋風。他習慣長考，時間總是不夠用。快到點了，記錄員讀秒，剩下一分鐘，他好像還有一百手，乃至一百五十手。這種時候，他氣勢磅礴，反而威脅了對手。

七段剛坐下又站起來走了。這也是他的一種戰鬥準備，就如同名人的呼吸變粗一樣。名人那狹窄的溜肩膀不停起伏，深深打動了我，我彷彿偷看到了靈感到來的秘密，它不是痛苦，也不是畏懼，連名人本人也不知道，別人更無從得知了。

然而，後來聯繫起來考慮，這只不過是我自作聰明罷了。也許名人只感到胸部憋氣。接連多日對弈，名人的心臟病惡化了。那時大概是初次輕微發作吧。我不知道名人有心臟病，所以得到那樣的印象，這雖是尊敬的一種表現，但也是荒誕的。那時節，名人許是沒覺察自己有，也沒發現自己呼吸異常吧，他臉上絲毫沒有露出痛苦和不安的神色，也不曾用手去撫摸自己的胸口。

大竹七段下黑5，花了二十分鐘。名人緊跟著下白6，費了四十一分鐘。這局棋頭一次出現長時間思考。事先商定，今天下午四點輪到誰下誰就封盤。七段在差兩分鐘四點時，下了黑11。兩分鐘內，只要名人不走棋，自然由七段封盤了。名人緊跟白12，四點二十二分封盤了。

今早放晴的天空又陰沉下來。這是大雨的前兆，水災從關東波及至關西。

十一

紅葉節次日，本應從上午十點繼續對弈，豈料一早就發生了一場爭執，以至拖延到下午兩點。我作為觀戰記者，是個旁觀者，事情與我無關。我看見工作人員狼狽周章，日本棋院的棋手們也跑來了，好像是在另一房間裏開會。

今早我剛踏進紅葉館的門廳，大竹七段正好來了。他拎著一個大皮箱子。

「大竹兄的行李？……」我說。

「是啊，今天要到箱根去，在旅館幽居啦。」七段以對局前的沉悶口吻答道。我早有所聞，今天對弈者都不回家，從紅葉館一起出發，到箱根旅館去。七段這件大行李卻有點異樣。

名人卻沒有做好去箱根的準備。

「是這樣講的嗎?那麼我還想上一趟理髮館吶。」

大竹七段早有打算了,下完這盤棋之前,得有三個月不能回家,他興沖沖地來了。這下子,他不僅感到掃興,而且覺得細則規定改變了。究竟有沒有把這些規定通知名人,就無從知曉了。這更加觸怒了七段。再說,這次對局,制定了嚴格的規則,可是從一開頭就不遵守規則,使七段對往後的事深感不安。不管怎麼說,沒有向名人交待清楚,這確實是工作人員的過錯。也許七段看到:名人特殊,沒人敢向他陳述苦衷,因自己年輕,別人反而來說服自己,以便收拾局面。七段態度相當強硬。

如果名人不知道今天要去箱根,那就無話可說。許多人聚攏在另一房間裏,走廊上人聲嘈雜。大竹七段長時間不露面。這期間,名人獨自在座位上一動不動地等候著。午飯時間稍稍推遲,問題終於獲得了解決,決定今天兩點到四點對局，隔兩天再到箱根去。

「兩個小時無論如何下不了。到了箱根再慢慢下好囉。」名人說。

這倒也是啊。不過，事情卻不能這樣辦。名人這樣辦，日後難免還會發生類似今天這樣的事。對局的日子，棋手是不能隨心所欲更改的。現在的圍棋是完全按照規則進行的。名人的告別賽之所以制訂這樣嚴格的規則，也是為了防止名人按老樣子任意行動，不管名人的地位多高，一定要使對局自始至終在對等的條件下進行。

於是採用了所謂「禁閉制」。為了徹底貫徹這個制度，今天不許棋手回家，直接從紅葉館到箱根去。所謂「禁閉」，就是說下完一盤之前，棋手不能離開對局的地方，也不能會見其他的棋手，以避免別人從旁當參謀。雖說這樣做可以保持勝負的莊嚴，卻喪失了對人格的尊重。不過，棋手也認為這樣做彼此都可以顯得清高。何況這盤棋每隔五天進行一次，已經連續下了三個月。不管參戰的棋手願不願意，都擔心第三者從旁當參謀，若有懷疑，事情就會鬧大。當然棋手之間也存在著職業道德和禮節的問題。中途暫停尚且如此，面對對弈者就更不用說了，必須慎之又慎，不能隨意評頭品足。一旦破例，局面就不好收拾了。

名人晚年，十多年裏只比賽了三盤。三次交鋒，名人都中途患病。第一盤之後就生病了。第三盤之後便與世長辭。三盤雖都下完，可是由於中途養病，第一盤花了兩個月，第二盤花了四個月，第三盤告別賽更長，竟長達七個月之久。

第二盤是在距告別賽前五年、即昭和五年同吳清源五段的對局。中盤下到一百五十手左右，棋藝雖精細，看來白子處境不妙。這時名人走白160的絕招，勝了兩目。風傳這一出手不凡的絕招是名人的弟子前田六段想出來的。不知是真是假。後來這位弟子否認了。這盤棋花了四個月。這期間，名人的弟子們大概也曾研究過這盤棋，發現了這160吧。正因為這是絕招，可能是弟子對名人說的，也可能是名人自己想出來的。除了名人及其弟子以外，其他人不會知道。

另外，第一盤是日本棋院同棋正社在大正十五年舉行的對抗賽，雙方的統帥——名人和雁金七段率先上陣交鋒，鏖戰兩個月，這期間日本棋院也好，棋正社也罷，他們肯定都積極研究這盤棋，但是有沒有給自己一方的統帥提供意見，我就不得而知了。我想大概是沒有人從旁當參謀吧。從名人的為人來看，他自己不僅不謀求這種事，而且也不會讓旁人進言。名人的棋風，是無可非議的。

然而第三盤告別賽，由於名人生病而中斷，有人風傳：名人好像有什麼企圖。我自始至終都在旁觀戰，聽到這些傳聞，感到十分愕然。

休息三個月之後，在伊東續弈的頭一天，大竹七段下最初一手，費了兩百一十一分鐘，即經過三個半小時的長考，使工作人員也為之瞠目。從上午十時半開始思考，其中有一小時午飯休息。秋陽西斜，棋盤上方燃亮了電燈。三點差二十分，好不容易才下黑101。

「在這種地方跳進，一分鐘就可以了，可是……真遲鈍！啊，太優柔寡斷了。」七段微紅著臉笑了。

「到底要這樣跳進還是前爬，我思考了三個半小時也……」

名人苦笑，沒有作答。

正如七段所說的，黑101下在連我們都知道的地方。棋局已經進入收官階段，是黑子應該侵入右下角白模樣的時候了，黑101只能落在這好點上。除了一間跳到「18．十三」的101位之外，還有一手「18．十二」前爬，即使思想糊塗，其變化也是可以料到的。

大竹七段為什麼不早下這一著呢？我作為觀戰者，也等得不耐煩，覺著有點奇怪，最後產生了疑竇。他分明是故意不走嘛。他是嘔氣還是耍花招呢？這樣胡亂猜疑，也是有其理由的。就是說，這盤棋中途暫停休息了三個月，這期間難道大竹七段自己沒有充分研究過嗎？走到101之前，眼看著就要形成細棋。雖然可以判斷出收官還會有變化，卻算不到終局吧。排列幾套下法，也確定不下來，也許是研究沒有結果。儘管如此，這麼重要的棋，休息期間，七段也不會不進行研究吧。黑101，是經過三個月長時間思考的。他佯裝現在才思考了三個半小時，這不是休息時間進行了研究的一種偽裝嗎？不僅是我，連工作人員也懷疑七段思考時間過長，覺得厭惡。七段離席的時候，連名人也嘟噥了一句：

「很有耐性啊！」倘是練習，還情有可原，而這是決勝的對局，名人說對手的事，這是前所未有的。

同名人和大竹七段關係都很密切的安永四段卻說：

「看樣子這盤棋休戰期間，不論是名人還是大竹，都沒有作過研究。大竹也是個性格上有怪癖的人，因此名人生病期間，他也不願意作研究。」說不定情況就是這樣吧。在三個半小時裏，大竹七段不僅思考了黑101，而且是努力把心思拉回到已離開三個月的圍棋上來，似乎是想盡量掌握全局的形勢和今後的下法吧。

十二

所謂封盤，也是名人第一次經歷的規則。第二天繼續對弈，從紅葉館的保險櫃裏把信封拿出來，在日本棋院的幹事也在場的情況下，當著對弈者的面，確認封印；昨日在紙上記下封盤最後一手的棋手，先讓對手看了棋譜，隨後在棋盤上擺放這一手。在箱根或伊東的旅館裏，反覆地進行了同樣的規定作法。就是說，不讓對手看中途暫停的一手，就是封盤。

沒下完的棋，由黑子中途暫停，這是傳統的習慣。是對高手的禮讓。這樣一來，對高手有利。最近為了防止出現這種不公平的現象，改變了做法，比如談定下到傍晚五點，時間一到，輪到誰下就由誰來中途暫停。後來為了進一步推行這種作法，想出了中途封盤這一招。將棋最早使用這種封盤辦法，其後圍棋也效法了。這種規則是為了盡可能減少不合理的現象，最後才採用的。所謂不合理現象就是：看了對手的子，自己接著下的子就可以慢慢考慮，直到續弈那天；而且不管相隔一天或幾天，都不計算在限時之內。

一切全限制在幾條規則之中。棋道的風雅已經衰落，尊敬長輩的傳統已經喪失，相互的人格不受尊重了。名人一生中最後一盤棋，受到了當今合理主義的折磨。就以棋道來說吧，日本和東方自古以來的美德也不復存在了，一切的一切都依靠精打細算和規則辦事。左右棋手生活的晉級，也是根據細微的分數制度，只要勝了就行。這種戰術優先於一切，使作為技藝的圍棋其品味和風趣都漸漸喪失殆盡。當今社會的做法是，對手雖說是名人，最終還是以公平的條件來參戰的。這不是大竹七段個人的關係。再說，圍棋也是競技，最後要見勝負，這是理所當然的。

本因坊秀哉名人三十餘年不曾執過黑子。他是第一高手，沒有第二個人可以與之匹敵。在名人生前，沒有別人進入過八段。他把同時代的對手完全壓倒，下一代沒有人能夠達到他的地位。名人作古十年後的今天，圍棋方面尚未找到什麼途徑能夠繼任名人的地位。其原因之一，恐怕是秀哉名人的名聲太大吧。尊重棋道傳統的「名人」，大約在這一代之後就告終了。

正如將棋名人的爭奪戰一樣，霸權的價值很重要，名人的段位成了優勝獎旗似的稱號，成了興辦體育比賽者的商品。實際上也可以說名人已經用上一代未曾用過的對局費，把這次告別賽賣給了報社。與其說這是名人主動出賣，莫如說是被報社引誘了。這種一旦爬上名人地位到死也是名人的終身制或段位制，如同日本各種藝道的流派和師家的執照一樣，是封建時代的遺物。假使圍棋名人不像現在的將棋名人那樣年年舉辦爭奪戰，秀哉名人也許早已離開人世了。

從前，一旦成了名人，就擔心有損於名人的權威，連練習也回避同人對弈。名人以六十五歲的高齡而下決勝棋，這恐怕是前所未有的。今後大概也不會允許不下棋的名人存在的。從各種意義來說，秀哉名人好像是站在新舊時代的轉折點上。他既要受到舊時代的對名人精神上的尊崇，也要得到新時代給予名人的物質上的功利，於是膜拜偶像的心理同破壞偶像的心理交織在一起。在這樣的日子裏，名人出於對舊式偶像的懷念，下了這最後一盤棋。

名人幸運地出生於明治的勃興時期。例如現在的吳清源就沒有嘗過秀哉名人修業時代那種人世間的辛酸，就算有人的圍棋天才超過名人，也不可能成為歷史人物了吧。在明治、大正、昭和三個年代裏，名人赫赫的戰果，帶來了今天圍棋的繁榮。他的顯赫功績，使他成為圍棋的象徵人物。這樣一位名人要以這盤棋為其告退增光生色，人們理應成全他盡情下完一盤好棋，這裏包含晚輩的體貼、武道的修養、藝道的高尚精神。然而，今天卻不能把名人置於平等的規則之外。

人們絞盡腦汁制訂規則，然而又在鑽規則的空子。為了堵住狡詐的戰術而制訂了規則，年輕棋手就不見得沒人耍滑頭想出一種戰術來利用這些規則。他們可以想出各種名堂，如限制時間、中途暫停、封盤等，作為武器使用。因此，作為作品的一局棋，就變得不純淨了。名人一旦面對棋盤，很快變成了「往昔的人」。他不知道當今各種細微的計策。名人大約估計正好是火候，是自己最合適的時機，便說了聲「今天到這裏吧」，就讓下手[19]走了一著，然後中途暫停，由自己來決定續弈的日子。上手這樣妄自尊大，已成為一種理所當然的慣例，名人長期以來就是這樣對局過來的。也沒有時間的限制。允許名人這樣妄自尊大，對名人也是一種鍛煉。這同今天那種完全憑著規則辦事的狹隘做法，恐怕不能相提並論吧。

然而，與其說名人習慣於平等的規則，莫如說更習慣於昔日的特權，例如同

19 段位或功力高的棋手稱為上手，反之則稱為下手。

吳清源五段對局的時候，由於名人生病不能順利進行，甚至產生了可疑的流言蜚語。因此這次充當告別賽的對手，晚輩的棋手們似乎都用嚴格的對局條件，來防止名人為所欲為。這盤棋的對局條件，不是大竹七段同名人商訂的，而是為了挑選名人的對手，在日本棋院的高段棋手們舉行上手對局之前就決定下來的。大竹七段作為高段的代表，爭取名人也遵守誓約。

後來名人患病引起了各種糾紛，大竹七段多次揚言要放棄這盤棋。作為晚輩，這種態度對老名人是不懂禮讓，對病人是缺少人情味，有的只是大道理，或者不講道理，弄得召集人狼狽周章，難以為情。不過，正當的主張，總是在七段這邊。再說，七段擔心：讓一步就得讓百步，而且讓一步，情緒一鬆懈，就可能成為敗局的起點。到了最後決勝負的時刻，恐怕也不應該這樣做吧。七段的態度是：這盤棋無論如何也要取勝，並且早已下定了決心。對手隨心所欲，他自然不能聽之任之。另一方面，我甚至想：也可能認為對手是名人，會照樣任性，七段就更加頑固地堅持按規則行事。

當然，對局條件同棋盤上下棋又是另一碼事。也有這樣的棋手：在下棋的時間和地點這些方面可以禮讓，適當照顧對手，但在棋盤上，則毫不容情。從這個意義上說，也許名人碰到了一個壞對手。

十三

在重視勝負的世界裏，不切實際地把英雄吹捧上天，這也許是觀眾的一種嗜好。旗鼓相當的對立，也可以招人青睞，倒不一定希望優勢絕對集中在一人身上。「常勝名人」的高大形象屹立在棋手面前。對於名人來說，也曾有過幾次鏖戰，把一生的命運都押在上面了。他不曾在最高的弈戰中失敗過。成為名人之前，戰鬥是振奮人心的；成為名人之後，尤其是晚年的戰鬥，人們都相信他是不敗的，面臨戰鬥，他本人也堅信必勝。這倒是悲劇。將棋名人關根縱然敗北，也毫不在乎，而秀哉名人卻吃不消。常言道，圍棋賽七成是先手取勝，名人執白棋，敗給七段也是正常的。外行人不瞭解這一點。

在大報社的推動下，名人為了技藝之道，很重視自己出馬的意義，而不單是被對局費所吸引。他心中燃起來的，依然是必勝的信念。倘使名人擔心自己輸棋的話，恐怕他就不會親自出馬。因為一旦輸棋，常勝的桂冠終究會丟掉，生命也是會消逝的。名人順從自己異常的天命生活過來了，順從天命，難道可以說成是違逆天命嗎？

時隔五年，這位「獨一無二」的「常勝名人」再度登場，他也只好承認適應時代的對局條件了。爾後回想起來，這種對局條件太過分了，就像夢幻或死神似的。

然而，在紅葉館的次日，這種條件的束縛被名人打破了，到箱根也被打破了。

第三天，六月三十日原訂從紅葉館赴箱根，但由於大雨成災，延至七月三日，又延到八日。關東水災，神戶也受了害。八日至東海道的鐵路線還沒有完全修復。我住在鎌倉，原定在大船站轉乘火車，同名人一行同行，但是從東京三點十五分發車開往米原的列車晚到九分鐘。

這趟列車在大竹七段所在的平塚地方不靠站，所以他們相約在小田原站會面。不多久，七段頭戴帽檐低垂的巴拿馬草帽、身穿藏青色夏服出現了。他把閑居山中所穿的衣裳也都帶到紅葉館來。那是一隻大皮箱。他們一見面，首先就談起災情來。

「我家附近一所腦科醫院至今也還利用小船做交通工具呢。開始是使用筏子的。」七段說。

乘坐空中纜車從宮下到堂島，鳥瞰正下方的早川，只見濁浪翻騰。對星館聳立在似川中島的地方。到房間裏安頓停當之後，七段坐下來，有禮貌地寒暄道：

「先生，您受累了。請多關照。」

當天晚上，名人也喝了適量的酒，帶著三分醉意，興高采烈地繪聲繪色說了一段相聲。大竹七段也談起少年時代的往事和家庭情況。名人向我挑戰下將棋，一見我不敢上陣，就說：

「那麼，大竹先生……」

這盤將棋花了近三個鐘頭，七段取勝了。

翌晨，名人在澡堂旁的廊子上讓別人修面。大概是為明日參加戰鬥，修修邊幅吧。現有的椅子沒有靠背，夫人靠在他後面，頂著他的脖頸。

這天傍晚，列席的小野田六段和八幡幹事也都到對星館來了。名人挑戰，玩起將棋和聯珠棋，很是熱鬧。名人下聯珠棋，又名朝鮮五子棋，連續敗給小野田六段。

「小野田相當強啊。」名人讚嘆道。

《東京日日新聞》圍棋記者五井同我對局，小野田六段給我們記錄了棋譜。由六段擔任記錄，是不同尋常的，這在名人對局中也是沒有過的。我執黑棋，勝了五目。這盤棋還在日本棋院的機關雜誌《棋道》上刊登了。

來到箱根，中間歇息一天，以消除疲勞。七月十日，是約定續弈的日子。對局的早晨，大竹七段表情迥異，他拉長著臉，緊閉雙唇，似乎被惹怒了。他搖晃著肩膀，比平日更精神抖擻地在廊道上走動著。他那眼瞼鼓起的單眼皮的細眼，放出了無敵無畏的光芒。

可是名人則抱怨溪流聲太太，一連兩晚無法成眠。他要把棋盤搬到盡可能遠離溪流的獨間去……只拍了一張相片，名人勉強坐了下來，他對把這家旅館作對局場地流露了不滿。

續弈日期既定，睡眠不足是區區小事，不能成為推延對局的理由。即使遇上雙親臨終，或者自己病倒在棋盤上，也要遵守對局的日子，這是棋手的慣例。如今這種例子也並不鮮見。何況臨到對局的早上才抱怨，如此任性，縱使是名人，也是不該的。因為這是一場重要的棋賽。對七段來說，這盤棋就更是重要了。

無論在紅葉館還是在這裏，每次續弈，臨場往往出現類似違約的事，可是又沒有一個工作人員具有審判官的權威，對名人也能下令和裁決。七段也擔心今後事態的發展。不過他還是乾脆順從了名人，臉上也沒怎樣露出不悅的神色。

「這家旅館是我自己選擇的，沒讓先生睡好，實在抱歉啊。」七段說。

「明天再向工作人員要求搬到安靜一點的旅館去，讓先生好好睡一覺再說吧。」

七段以前曾到過這家堂島旅館，覺得是個對局的絕好地方，也就指定這裏了。沒想到趕巧下大雨，小溪流水量增加，溪流聲很大，簡直要把岩石沖走似的。像這種建立在早川中央的旅館，確實令人難以成眠。可能是七段自己感到有責任，才向名人致歉的吧。

七段同五井記者搭伴，去尋找安靜一點的旅館。我看到了身穿便服的七段的身影。

十四

當天上午，馬上把住處改在奈良屋旅館。翌日，即十一日，在奈良屋一號別館裏繼續弈戰，已經時隔十二、三天了。從這天起，名人進入棋境，再也不提任性的要求，老實至極，恍如已委身於別人了。

小野田六段和岩本六段兩人列席了告別賽。岩本六段是在十一日晌午才從東京趕來的，他坐在走廊的椅子上，眺望山景。日曆上寫著這天是雨過天晴。一大早，闊別許久的陽光又露面了，把樹葉的影子投在潮濕的土地上，泉裏的錦鯉也是明晃晃的。可是對局開始，天空又是薄雲飄浮，微風輕輕搖曳著壁龕裏的花枝。除了庭院瀑布和早川急流的奔瀉聲以外，只聽見遠處傳來的鑿石聲。院子裏的卷丹[20]花香，飄進房間裏來。對局室太寧靜了，不知是什麼鳥，竟放肆地在簷前飛來飛去。這天，從12封手到黑27封手，共進行了十六手。

其間歇息四天，七月十六日在箱根第二次續弈。作記錄的少女，以前一直身穿藏青地碎白花和服，也換上了地道的白色絹麻夏裝了。

雖說是別館，卻是在同一個院落裏的獨間，距本館約百來米遠。名人從這條路回去吃午飯，他那背影偶爾落在我的眼簾裏。走出一號別館的門，就是斜坡道。名人微弓著腰，獨自登了上去。他反剪小小的雙手，雙手輕輕地相握著，雖然看不清手紋，不過可以看見細微而雜亂的折皺，手裏還拿著一把合上了的摺扇。上半身稍微前傾，卻是筆直的；相反地下半身飄飄忽忽，腳跟顯得不太穩當。路旁一側的山白竹下，傳來了小溪流水聲。這是一條寬闊的道路。僅此而

20 又名虎皮百合。

已……不過，面對這位名人的背影，不知怎的，我的眼瞼也發熱了，彷彿有著什麼深切的感受。一離開對局場地，他如釋重負，行走起來時，背影顯出現今社會所看不到的一種平靜，令人感到如同明治時代的遺老。

「燕子！燕子！」名人駐足仰望蒼穹，用嘶啞的聲音在咽喉裏嘟噥了一句。原來他已經走到一塊大岩石前，岩石上面刻有「明治大帝駐輦禦座所基石」的字樣。在基石上伸展枝梢的百日紅還沒開花。奈良屋是當年諸侯所住的驛站旅店。

小野田六段追上去照拂名人。名人夫人站在屋前泉水的石橋處迎接他。上午和下午，夫人都是一直把名人送到對局室的，看著名人在棋盤前落坐了，她才迅速退下。午休和中途暫停，她也一定出來迎接名人。

這時候，名人的背影總好像失去了平衡。就是說，他還沒有從專心於圍棋的境界中甦醒過來。挺直的上半身仍然保持對局對的姿勢，腳跟顯得站不穩的樣子。恍如一個具有崇高精神的影子浮現在虛空之中。名人的茫然若失，上半身依然一動不動，姿態上保持了面對棋盤時的餘韻。

「燕子！燕子！」那聲音嘶啞，哽噎在咽喉裏，說不定名人這時才覺察到自己的身體尚未恢復常態。老名人經常發生這樣的事。名人所以使我感到親切，也許是他當時的形象深深地浸透了我的心吧。

十五

「名人好像有些不舒服。」夫人第一次流露出擔憂的表情，是在七月二十一日，那天在箱根舉行第三輪續弈。

「他說這裏很難受……」夫人邊說邊撫摩自己的胸口。據說打那年春天起，經常發生這種情況。

名人食欲不振。昨天沒吃早餐，據說午飯也只吃了一片薄薄的烤麵包，喝了不到半磅牛奶。

這天我看到了名人那長下巴頦和瘦臉頰，肌肉在微微抽動。我以為是天氣酷熱，他過於勞頓了。

這年梅雨季節已過，雨還是陰鬱地下個不停。夏天也姍姍來遲。七月二十日大暑前十幾天，驟然酷熱起來。二十一日，薄靄陰沉地籠罩著明星岳。廊道邊上的卷丹花招來了黑鳳蝶，令人感到一股悶熱。卷丹花的一根莖上竟綻開了十五、六朵花。庭院裏百鳥齊鳴，也使人感到悶熱。連擔任記錄的少女也搧起扇子來。這場棋賽第一次遇上了這般酷熱的天氣。

「真熱啊！」大竹七段用日本手巾揩了揩額頭，又捋了捋頭髮，然後擦了一把汗。

「連棋子也熱啊！我爬山來著，箱根的山……箱根的山真是天下險峰啊！」

七段走黑59，連午休共費時三小時零三十五分。

名人用右手輕輕地戳了戳後背，搭在憑肘上的左手拿著扇子，一個勁地搧個不停。他不時地把視線投向庭院，顯得輕鬆、舒坦而爽快。年輕的七段在虛張聲勢，連觀戰的我也全神貫注，然而名人的注意力卻放在遠處，安穩極了。

但是，名人的臉上也滲出了汗珠。他突然雙手抱頭，然後又按住雙頰。

「東京大概熱得發狂了吧。」名人說罷，久久地把嘴張開，迷迷朦朦的，彷彿想起了某日酷暑，又好像要追憶遙遠的炙熱。

「嗯，去湖水的第二天，就突然……」列席觀戰的小野田六段答道。小野田六段剛從東京到達。所謂湖水，是指前次對局的次日，即十七日，名人、大竹七段、小野田六段等人一起到盧湖去垂釣的事。

大竹七段經過長時期思考，下黑59，後面的三手，必然按其路數走。對方應接了。這樣，上邊更加穩定。接著七段的黑子可以採取各種手段，雖然處在困難的節骨眼上，但轉向下邊，只花了一分鐘，就下了黑63。看樣子他早已看準了這一著。另外，他在下邊的白模樣上，放下了試探性的一子，然後再回到上邊。據說這是大竹七段獨特的凌厲進攻招數，也許他對後面的目標已經胸有成竹了吧。放子的聲音，充滿了迫不及待的心情。

「涼快點兒了。」七段說罷旋即站起來走了。他在走廊上把裙褲脫下，去廁所解完手出來，竟把裙褲前後穿反了。

「裙褲都穿成褲裙了。」七段說著重新穿好裙褲，靈巧地將帶子打上了十字結。不多久又上廁所解小手去，然後又回到座位上來。

「下圍棋的時候，是最容易感受到天熱了。」七段用手巾揩了揩那副模糊了的眼鏡片。

名人吃凍糯米團子，是下午三時了。他對黑子63感到有點意外，思考了二十分鐘。

弈戰中，七段頻頻離席解手。在芝紅葉館開始對弈時，七段預先向名人打過招呼。前次七月十六日對弈時，解手次數也很頻繁，連名人都驚愕不已。

「是不是有什麼病呢。」

「是腎臟有毛病，神經衰弱……只要一思考，就想去了。」

「那就不要喝茶好囉。」

「不喝好是好，可一思考又想喝。」七段話音未落，又站起來說了聲「對不起」，就走了。

七段的這個毛病，成了圍棋雜誌的雜談欄和漫畫欄的好材料。曾有過這樣的報導：一盤棋中走了那麼多趟，恐怕乘東海道線的火車都可以到達三島的旅館了。

十六

到了中途暫停，對弈者離開棋盤之前，要計算當天的子數，又要查對花費的時間。這種時候，名人實在難以理解。

七月十六日四時三分，大竹七段下黑43封盤後，告訴名人今天上下午共走了十六手。

「十六手？……走了那麼多嗎？」名人大惑不解。

負責記錄的少女反覆地告訴名人：從白28到黑43封盤，共走了十六手。對手七段也說明是共走了十六手。開棋時，棋盤上只有四十二子，一目了然。兩人都告訴了名人，他好像還弄不明白，把當天走的子，用指頭一一地按住，自己親自慢慢數了起來，還是不理解似地說：
「把它擺好就明白了。」
於是他同對手兩人把當天下的子又一次撿起挪開。
「一手。」
「二手。」
「三手。」就這樣數到了十六手，又重複地擺了方才的陣勢。
「十六手？……相當多啊。」名人茫然地嘟噥了一句。
「因為先生下得快……」七段說。
「我下得不快。」
名人茫然若失，一動不動地坐在棋盤前，別人也不好先行離席。過了片刻，
小野田六段開口言道：
「到那邊去吧，可以鬆弛一下腦筋。」

「要麼下盤將棋吧？」名人這才如夢初醒似地說。

名人不是佯裝發呆，也不是假裝糊塗。

這天只走了十五、六手，不至於要查對的，整個棋局都裝在棋手的腦子裏，吃飯時也好，睡覺時也好，棋局都會在腦際盤旋的。名人卻偏要親手將棋子擺上查對，否則就不能滿意。或許是反映了名人一絲不苟的細致作風，或是表現了名人不切實際的另一面的性格。我從老名人這種樂趣中感到他性格孤僻，並不太幸福。

相隔四天，第五天續弈，七月二十一日從白44到黑65封盤，共進行了二十二手。

到了中途暫停，名人照舊詢問負責記錄的少女：

「我今天共花了多少時間？」

「一小時二十九分。」

「花了那麼多時間嗎？」名人出乎意外，露出了呆滯的神色。這天，名人十一手所用的時間加起來，比對手七段的黑59一手所花的一小時三十五分還少了六分鐘。可是名人本人卻覺得自己好像下得太快了。

「不像拖延時間……也不像走得太快……」七段說。

名人向負責記錄的少女問：

「鎮呢？」

「十六分鐘。」少女答道。

「撞呢？」

「二十分鐘。」

七段從旁插話說：

「是補空，很長啊。」

「是白58啊。」少女一邊看時間記錄表，一邊回答：

「是三十五分鐘。」

名人還不理解，從少女手裏接過時間表，親自看了看。

我喜歡洗澡。由於是夏天的關係，每逢中途暫停，我總是最先入浴。這天大竹七段也興沖沖的，幾乎與我同時來到了澡堂。

「今天的棋進展得相當快啊。」我說。

「先生下得快，下得順手，簡直如虎添翼。看樣子這盤棋很快就會結束哩。」七段賭氣地笑了。

他的體力還很充沛。對局前後，在對局室以外的地方同棋手會面是不合適的。這時七段情緒昂揚，像是下定決心要拚搏一番。說不定他的腦子正考慮著凌厲的進攻招數呢。

「名人下得真快啊。」列席觀戰的小野田也驚嘆不已。

「那種速度，在棋院的升段賽下十一個鐘頭，是足夠的了。這是挺難的地方。白棋那個鎮，不是輕易就能下的……」

看了兩人所花的時間，第四輪續弈至七月十六日，合計白子花四小時三十八分，黑子花六小時五十二分。第五輪續弈至七月二十一日，白子花五小時五十七分，黑子花十小時二十八分。這天差距拉大了。

後來，第六輪續弈至七月三十一日，白子花八小時三十二分，黑子花十二小時四十三分。第七輪至八月五日，白子花十小時三十一分，黑子花十五小時四十五分。

但是，第十輪至八月十四日，白子花十四小時五十八分，黑子花十七小時零四十七分，差距縮短了。這天，白100封盤後，名人就住進了聖路加醫院。八月五日的對局，白90時，名人強忍病痛，經過兩小時零七分的長考。

十二月四日終盤，全局花費時間如下：秀哉名人花了十九小時五十七分，大竹七段花了三十四小時十九分，相差十四、五個小時，這差距極為巨大，令人生畏。

十七

十九小時五十七分，約莫相當於普通對局時間的一倍。儘管如此，按規定時間，名人還剩下二十個小時。大竹七段即使花了三十四個小時十九分，但按四十小時計算，還餘下六個小時。

這盤棋，名人的白130，是偶爾失著，這一手是致命傷。如果不是名人走了敗著，形勢或許還很難判斷，或是繼續細棋下去，七段就有可能更加需要絞盡腦汁，堅持到滿四十個小時。白130以後，黑子勝棋已成定局。

無論是名人還是七段，都屬長考型。七段的棋，一般都要等規定時間快到，剩下一分鐘才以下百手的氣勢逼將過去，這倒是很驚人。但是，名人不是在時間制的束縛下培養出來的，不可能表演這種驚險的技藝。也許他本來就盼望在一生決定最後勝負的這盤棋中，能不受時間限制而盡情地下，這才規定四十個小時的吧。

老早以前，名人決勝棋限定的時間就特別長。大正十五年對雁金七段的弈戰，是十六個小時。雁金七段因限時已到而敗北。但是，即使黑還有時間，名人勝五、六目，這棋局也是改變不了的。人們也說，倘使沒有時間限制，雁金七段應該下得更果敢。同吳清源五段對局時，花了二十四個小時。

這次告別賽規定四十個小時，同名人破格的時限相比，大約是其兩倍。比一般棋手的時限延長了四倍。簡直像是沒有時間限制了。

如果這超出常規的四十個小時，是名人方面提出的條件，那麼名人自身就揹上了沉重的包袱。這就是說，名人最後只好強忍病痛的折磨，耐心等待對手的長考。大竹七段花了三十四個多小時就說明了名人的咎由自取。

每隔五天續弈，也是為了照顧名人的衰老病體，這顯然招來了相反的結果。假使雙方充分地使用自己享有的時間，合計得花八十個小時；以一輪對局約花五個小時計，鏖戰十六輪，每隔五天一輪，即使順利進行的話，也需花三個月的時間。一盤棋需要集中保持三個月的戰鬥情緒，總是那麼緊張，對決定勝負時的心情來說，也是過分長了，這等於白白消耗棋手的精力。對局期間，不論是睡是醒，勝負的形勢總是在腦際盤旋。中間即使安歇四天，與其說是休養，莫如說更增加了疲勞。

名人患病之後，間歇的四天更加成了負擔。名人自不用說，就是這次棋賽的工作人員也都祈望早日結束這盤棋。這樣不僅可以使名人舒暢些，工作人員也可以比較放心。因為他們一直擔心：名人說不定什麼時候會倒下去。

在箱根，名人覺得身體實在吃不消，也曾向夫人透露：不管勝敗如何，希望早日下完這盤棋。

「以前他從沒說過這樣的話，可是……」夫人淒愴地說。

據說有一回名人還曾對工作人員說：

「只要還下這盤棋，我的病就不會好轉。我常常突然這麼想：把這盤棋全扔在這兒，我就舒服啦。然而，我不能做出這種對技藝不忠的事情來。」

他低下頭又說：

「當然，這件事我沒有認真思考過。不過，在痛苦的時候，這種思緒就會在腦際掠過……」

儘管這是私下談心，沒想到會把真情吐露到如此程度。無論任何場合，名人從不發牢騷，也不說洩氣的話。五十年的棋壇生涯中，有不少次，是由於比對手更有耐性而獲勝了。再說，名人是絕不會故意嘩眾取寵，顯示自己的悲壯和痛苦的。

十八

在伊東續弈不久之後的一天，我問：這盤棋結束之後，名人是重新住院，還是同往年一樣到熱海去避寒？名人很是開心，冷不防地說：

「噢……問題是我會不會病倒……到今天為止，基本上沒有病倒，反而堅持過來了，連我自己也覺得不可思議。我倒不是考慮什麼特別深奧的問題，也不是有什麼稱得上信仰的信仰，但不憑棋手的責任感是堅持不了的。啊，可能是某種精神力量，實在是……」他微低著頭，慢條斯理地說。

「歸根結底，也許是我感覺遲鈍。發呆，呀……我發呆，這樣一想，我反而覺得好了。發呆的意思，在大阪和東京有不同的解釋。在東京，一說發呆，就是有點愚蠢的意思；可在大阪，以畫畫來說，意思是說這兒畫得有點朦朧；以下棋來說，是說這兒下得心不在焉，是不是？」

我仔細地玩味名人這番風趣的談話。

名人流露出這種情懷是罕見的。名人本是不輕易動感情的。作為觀戰記者，由於長期細心觀察名人，我對名人滿不在乎的神態和言詞才有所體會。

明治四十一年，秀哉繼承師名本因坊以來，每次發生什麼事，廣月絕軒都是一直支援名人的，而且擔任了名人著書的助手。他寫道：隨從名人三十餘年，從未聽名人說過一句什麼「拜託你了」或是「你辛苦了」之類的話，據說名人因此而被人誤解為冷酷無情。絕軒還寫道：社會上紛紛議論，絕軒是在名人授意之下活動的。這種時候，名人也漠然置之。甚至誤傳過名人在金錢問題上不乾不淨，這點絕軒是可以馬上提出反証的。

就是在告別賽的對局中，名人一次也不曾說過這類應酬的話。所有寒暄，都是由夫人出面的。他從不以名人自居，仗勢欺人。他就是這樣一個人。

圍棋人士有事同他商量，他也只應聲「噢」，就直愣愣地一聲不響，因此很難瞭解到他的意見。對於像名人這樣享有崇高地位的人，一般又不好多問。我想：這種情況有時也令人相當為難吧。在客人面前，許多時候都是由夫人代表名人招待和酬酢的。名人發呆時，夫人就焦慮不安，替他敷衍周旋。

名人有另一面的表現：神經或感覺遲鈍，不善於領會別人的意思，他自己所說的「發呆」，也經常表現在他的業餘專長和嗜好決一勝負的做法上。下將棋、聯珠棋自不用說，甚至連打檯球、搓麻將，他都要長時間思考，使對手覺得厭煩。

在箱根的旅館裏，名人、大竹七段，還有我，曾打過幾次撞球，名人巧取七十。大竹七段像下圍棋似地詳細述說了所取得的數目：「我四十二，吳清源十四……」名人每擊一球，不僅充分思考，連架勢也都擺好，然後才運桿一擊。他擊球的次數很多，都是經過長時間周密思考的。他根據球和人體運動的速度，有時打撞球也擺好這種架勢。在名人來說，他不屬於什麼運動流派。然而，看著名人運桿擊球的一剎那，真叫人著急。續看下去，我感到名人有一股哀傷而又親切的氣質。

搓麻將的時候，名人將懷紙折成細長條，把麻將排在上面。不論是懷紙折法，還是麻將擺法，他都弄得整整齊齊，鄭重其事。我以為，這可能是名人的潔癖，不由地問了一句。

「嗯，那樣做，把麻將擺在潔白的紙上，牌很明亮，容易看得見，請不妨試試。」名人說。

一般人認為搓麻將靈活，出手快，容易決勝負。可是名人卻思考了很長時間，爾後才不慌不忙地出牌。對手心情一煩躁，就完全洩氣了。名人卻毫不關心對手的心情，只顧沉溺在思索裏。此時即使對方等他出牌，他也全然不理會。

十九

名人曾就業餘圍棋談了一席話：「下圍棋和將棋是不能瞭解到對手的性格的。有人說，通過對局可以看出對手的性格云云，然而從圍棋的精神來看，這種說法倒是不適當的。」他多半是對那些一知半解而又好議論棋風的人感到氣憤吧。「像我這樣的人，與其想對手的事，不如全神貫注到棋境中去呢。」

名人辭世那年的正月初二，就是說逝世前半個月，他參加了日本棋院的棋賽開幕式，並下了聯棋。做法是：這天來棋院的棋手，只要找到對手，各自下五手就回去，以此代替留下祝賀名片。依照順序等候的時間很長，只好另開一盤。這第二盤棋進行到二十手時，瀨尾初段閑極無聊，名人就找他下起來。從二十一手到三十手，各下了五手。這局棋已經沒有棋手後繼了。輪到名人下最後一手就中途暫停，結束了。這30的最後一手，名人思考了四十分鐘。其實，這只不過是開幕式的即席助興，又沒有人續弈，隨便下下就成。

告別賽進行了一半，名人就入了聖路加醫院。我曾去探視過他。這家醫院的病房內，家具適合美國人的體格，都是特大號的。名人身材短小，一坐在高高的病榻上，就有點令人擔憂了。他臉部嚴重浮腫，雙頰長了點肉，神態自若，首先是卸下了心頭的沉重負擔，無拘無束，這同對弈時的老人簡直判若兩人。

連載告別賽情況的各報記者，都雲集在這裏了。據說連每周的懸獎也能招來許多讀者。因為每星期六都徵集讀者的意見，看下一子該走哪一手，猜中者獲獎。我也插嘴對記者說：

「本周的問題是黑91。」

「91？……」名人猛然把臉對著棋盤一看，糟透了，我覺察到不能談及圍棋的事……

「白跳一間壓，黑91扳。」

「啊……那兒只有兩種走法，要壓扳要壓長，大約很多人都會猜著的吧。」

名人說。他的背影自然挺直，抬起頭正襟危坐。這是對局的姿勢。威風凜凜。面對虛空的棋盤，名人久久地露出了忘我的神態。

無論是這時還是正月，聯棋的時候，他也是熱心棋藝，每一手都一絲不苟，與其說他是重視名人的責任，不如說這是自發的行為。

年輕人一旦被找去當名人的將棋對手，就動搖起來了。以我觀察的一、二例來說吧，同大竹七段在箱根對弈，讓車的一盤，從上午十點進行到傍晚六點。另外，這次告別賽之後，《東京日日新聞》還舉辦了大竹七段同吳清源六段的三輪棋，由名人擔任講解，我撰寫第二盤的觀戰記時，藤澤庫之助五段前來觀戰，被找來同名人下過將棋。從上午一直下到入夜，然後又繼續弈戰至翌日凌晨三點。第二天早晨，同藤澤五段一照面，名人又馬上拿出將棋盤來了。

七月十一日在箱根告別賽續弈之後，負責名人安全、下榻奈良屋的《東京日日新聞》圍棋記者砂田，於下次續弈的十六日前夕同我們聚會時說：

「我對名人簡直服了。那次以後，一連四天一早起床，名人就來喊我打撞球，打了一整天。甚至打到深夜，天天如此。他豈止是天才，而且是超人啊。」

據說，名人從不曾對夫人抱怨過下棋累了、倦了。名人一心埋頭棋藝，還可以列舉一例，這就是夫人常說的一段話，我在奈良屋旅館時也曾聽夫人講過的：

「那是住在麻布笄町時的事囉……房子不大寬敞，一間十鋪席的房間，既是對局室又是練習場。不妙的是，貼鄰八鋪席的房間作了茶室。茶室裏的客人有時放聲大笑，有時吵吵嚷嚷。一回，恰巧我的先生同什麼人在對局，我妹妹把她剛出生的嬰兒抱來讓我瞧，嬰兒不會考慮別人，哭個不停。我萬分焦急，希望妹妹早點回去，可是有一段時間沒見面了，怎麼好意思開口讓她走呢。等妹妹走後，我向先生抱歉：準是把您鬧煩了吧？先生卻說：他一點也不曉得我妹妹來過，也沒聽見嬰兒的哭鬧聲，他就是這樣子。」

夫人又補充說：

「已故的小岸說過，他想早日成為先生這樣的人，每晚歇息之前，在被褥上靜坐片刻。那時節，流行岡田式靜坐法哩。」

所謂小岸，就是小岸壯二六段。他是名人的心愛弟子，名人曾說過「一直信賴他一個人」，曾考慮讓他繼承本因坊的家業。不料小岸卻於大正十三年一月，虛歲二十七上夭折了。名人晚年動不動就想起小岸六段的事來。

野澤竹朝還是四段的時候，在名人家中同名人對局也發生過類似的事情。少年弟子們嬉戲打鬧聲從學僕的房間直傳到對局室來，野澤出去對他們說：過一會兒你們會挨名人斥責的。可是名人壓根兒就沒聽見吵鬧聲。

二十

「中午休息時間，名人也是一邊吃飯，一邊全神凝視虛空，一句話也不說……大概是走了相當困難的一手吧。」名人夫人是說七月二十六日在箱根進行的第四輪續弈的事。

「他自己好像不知道是在吃飯，我說：那樣不易消化，吃飯不專心，恐怕對身體不好吧。他拉長著臉，又直勾勾地凝望虛空了。」

黑69的強硬進攻，連名人也沒有意料到。這一應手，整整苦思了一小時四十四分鐘，這是這盤棋開始以來名人思考時間最長的一次。

但是，對大竹七段來說，這大概早在五天前就看準了。今早續弈時，他按捺住焦急的心緒，又再思考了一遍。這過程中，他渾身充滿了力量，獨自大模大樣也向棋盤探出了身子，繼黑67之後，又強硬下了黑69。「是雨呢還是暴風雨？」七段說罷，放聲大笑。

恰巧這時一場驟雨席捲而來。轉眼間，庭院裏的草坪都被雨水淹沒了。風雨敲打在急忙關上的擋雨板上。這是七段脫口而出的一句得意的俏皮話，彷彿也是他的一聲心滿意足的呼喚。

名人看到黑69，恍如突然望見模糊不清的鳥影。他一下子發呆了，露出一副和藹可親的神色。光是這點，在名人來說，也很罕見。

後來，在伊東續弈時，黑這意外的一手，名人疑是為封盤而下的，頓時心頭火起，他想到把圍棋玷汙到如此地步，真恨不得當場把它扔光。好不容易等到小憩，他就向我們傾吐了滿腹的氣憤。面對棋盤的名人，就是在這種時候，臉上也不露聲色。甚至沒有人覺察到名人內心的不安。

看起來黑69如同一把匕首，閃閃發光。名人立即落入了沉思。午休時間已到，名人離開對局室，大竹七段依然站在棋盤旁，一動不動。

「下到這關鍵的地方，到了高峰啦。」七段依依不捨地俯視著這一局面。

「真厲害啊！」我說。

「我一直陷於被動，苦苦思索……」七段朗朗地笑了。

午休之後，名人剛落坐，就下了白70。午休是吃飯時間，也就是說不計算在規定的時限之內。大家都明白，名人在這段時間裏仍在繼續思考。為了不讓別人覺察，下午開始的一手，本應佯裝略作思考的樣子，可是名人沒有這種本事。相反地，吃午飯的時間，他也凝視著虛空。

二十一

黑69的攻擊，被稱為「絕招」。連名人後來也講評說：這是大竹七段獨創的強攻。倘若應著錯誤，就勢必給白子造成不可收拾的局面。所以名人對白70，花了一小時四十六分鐘。過十天後，即八月五日，白90，花了兩小時零七分，這是名人在這盤中思考最長的一次。白70這一手，是僅次於此的長考。

列席觀戰的小野田六段等人也敬佩地說：如果說黑69的進攻是絕招，那麼白70也是凌厲的高著。成敗在此一舉，但名人度過了難關。名人讓了一步，擺脫了厄運。這大概是十分艱苦的高著吧。白子以這一手挫敗了黑子猛攻過來的氣勢。看來黑子只是虛張聲勢，白子避免受傷，變得一身輕了。「是雨呢還是暴風雨？」這是大竹七段所說的一場驟雨。剎時天空陰沉下來，室內開了電燈。棋盤如鏡，白子投影在上面，同名人的風采渾然一體。庭院裏，風雨淒淒，使對局室顯得更加靜謐了。

這場雷陣雨很快就過去了。半山腰上，霧靄繚繞。河流下游小田原那邊，天空已經放晴。陽光照射在峽谷對面的山上。蟬聲唧唧。廊道上的玻璃門打開了。七段走黑73時，四隻小黑狗已在草坪上玩耍了。過了一會兒，天空又變成半陰半晴。

一大早，又下了一場驟雨。上午對局時間，久米正雄[21]坐在走廊的椅子上，感慨無比，喃喃自語地說：

「在這兒一落坐，就頓覺心情舒暢，心境也清澈了！」

久米新任《東京日日新聞》文藝部長不久，頭天晚上來這裏觀戰，住了一夜。近來，由小說家擔任報社科學文藝部長並不多見。圍棋在文藝部主管的範圍之內。

久米對圍棋幾乎是一竅不通。他坐在走廊上，有時眺望山景，有時觀看對弈者。不過，他也感受到下棋人的起伏心潮。名人露出一副悲痛的表情陷入沉思時，久米那張微笑的和藹的臉，也同樣地浮現出哀傷的表情來。

至於不諳圍棋，我和久米都是五十步笑百步，彼此彼此。儘管這樣，在旁連續觀戰，我不覺感到棋盤上不動的子，如同具有生命的精靈向你搭話一樣。棋手放棋子的聲音，彷彿響徹了宏大的世界。

對局場設在二號別館。除了十鋪席的房間以外，還有兩間九鋪席的。這是三個獨間。十鋪席那間的壁龕裏插著合歡花。

「快要下雨啦！」大竹七段說。

---

21 久米正雄（一八九一—一九五二），日本小說家、劇作家。

這天進行了十五手，白80封盤。

快到下午四點封盤時間，擔任記錄的少女雖然讀秒了，名人卻彷彿沒有聽見。少女稍微向名人探出身子，在躊躇的時候，七段替代少女說：

「先生，請您封盤吧。」他像是要搖醒睡夢中的孩子似的。名人好容易才聽見，嘴裏還念念叨叨的，但聲音嘶啞，吐不出來。聽不清他說些什麼。多半是知道到了封盤時間了吧。日本棋院八幡幹事把準備好的信封拿來，名人卻好像對待旁人的事，呆呆地審視了好一陣子。然後他又帶著不能立即回到現實中來的表情說：

「還沒決定下哪手呢。」

接著又思考了十六分鐘。白80費時四十四分。

二十二

七月三十一日續弈，對局室改在「新上段間」。這一套間，分八鋪席、八鋪席和六鋪席三間。三個房間裏分別懸掛著賴山陽[22]、山岡鐵舟[23]、依田學海[24]書寫的匾額。這套間是在名人房間的樓上。

名人房間的廊道邊上，綻開著一簇簇繡球花。今天大黑鳳蝶也飛落在這些花朵上，鮮豔的姿影倒映在泉水裏。房檐下的藤架上，紫藤枝繁葉茂。

22 賴山陽（一七八〇—一八三二），江戶後期的儒學家、史學家、書法家。
23 山岡鐵舟（一八三六—一八八八），幕府末年的政治家、書法家。
24 依田學海（一八二三—一九〇九），漢學家、戲劇評論家。

名人思考白82時，流水聲飄送到對局室來。他向下俯視，看見夫人站在泉水的石橋上，往水裏投擲麩餅。響起了鯉魚群聚攏過來的撥水聲。

這天早晨，夫人對我說：

「家裏來了京都的客人，我這就回家去。近來東京也變得涼爽，酷暑似乎過去了。

「不過，天氣一涼快，我又擔心他會不會感冒……」

夫人站在石橋上的時候，飄起了毛毛細雨。不久大顆的雨點下個不停。大竹七段不知道下雨，別人告訴他時，他說了聲：

「大概老天爺也患腎臟病啦。」然後望了望庭院。

真是個多雨的夏天。到箱根以來，沒有一個對弈日是晴朗的。而且晴雨無常，以現在這場雨來說，也是下下停停，停停下下。七段思考黑83時，陽光還投射在繡球花上。山上的一片綠意，潤澤有光，像是被洗滌過的。誰知上空旋即又陰沉下來。

黑83經過了一小時四十八分鐘的長考，費時超過白70所用的一小時四十六分的紀錄。七段支著雙手，連同坐墊一起往後挪動了一下，然後凝視著棋盤右邊。不一會兒又將手揣在懷裏，挺著肚子。這是七段要長考的前兆。

進行到中盤時，每走一手都是相當困難的。黑、白的範圍大致分明了。結局如何，還無法準確估計，但眼下已到了可以確實估計時候了。就這樣進入收官或是殺入敵陣，或是在某處挑戰？這時候可以看出這盤棋的大勢，似定作戰步驟，判斷勝負了。

在日本學習圍棋後返回德國、號稱「德國本因坊」的菲利克斯·蒂尤巴爾博士，給名人這場告別賽拍來了賀電。晨報刊登了兩位棋手閱讀博士電報的照片。

今天白88封盤。八幡幹事馬上說：

「先生，這是祝賀八十八大壽啊。」

名人清癯的臉頰和頸項顯得更加瘦削了。比起酷熱的七月十六日那天愈發地精神抖擻。也許可以說他掉了肉，骨頭空出，反而顯得意氣風發。

誰也沒想到名人在五天後的對局中就病倒了。

黑走83時，名人迫不及待，猛然站起來，頓時全身疲憊不堪。這時是十二時二十七分，當然是午休時間。名人不顧一切地站立起來，這種情況前所未見。

二十三

「我曾拚命求神靈保佑，別出現這樣的情況，這大概是信心不足的緣故吧。」名人夫人於八月五日早晨對我說。

「能不這樣就好了。我實在擔心。過分擔心，反而……這麼一來，只好求神靈保佑了。」夫人還這麼說道。

我這個觀戰記錄，好奇心很強。名人作為競賽中的英雄，吸引了我。我聽到他妻子的話，彷彿被人捅到痛處，無言可對了。

下了這盤棋，名人原來的心臟病加劇了，胸口早已憋得慌，他卻從未向別人透露過。

八月二日，他的臉部開始浮腫，胸口也疼痛起來。

八月五日，按規定是對弈日。最後決定上午只下兩個小時。這之前，名人還要接受診視。

「醫生呢？……」名人問罷，聽說醫生到仙石原看急診去了，他就催促說：

「是嗎，那就開始吧！」

名人一坐到棋盤前，兩隻手就穩穩當當地捧起茶碗，呷了一口溫茶。然後交疊雙手，輕輕地放在膝上，挺直身子。看上去臉部表情像是一個哭出聲的孩子。他緊閉的雙唇，使臉頰顯得格外浮腫，眼瞼也腫脹了。

對局基本上按規定時間從上午十時十七分開始。今天晨霧變成了暴雨。不多久，早川下游那邊又明亮起來。

啟封白88，大竹七段下了黑89，是十時四十八分。這樣，名人下白90已過晌午，快一點半鐘還沒決定下來。他強忍病痛，整整思考了兩小時零七分。這期間，名人始終正襟危坐。臉上的浮腫，反而消退了些許。這時，終於決定午休了。

按慣例休息一小時，今天卻歇息兩個小時。名人接受了醫生的診視。

大竹七段也說：自己鬧肚子，連服了三種藥，還吃了預防腦貧血的藥。七段過去曾在對局中暈倒，不省人事。

「棋藝欠佳，時間緊迫和身體不適，這三件事湊在一起，引起了腦貧血。」

有關名人的病，大竹七段這麼說：

「我是不想下的，可是先生說無論如何也要下。」

午休過後，返回對局室之前，名人的白90封盤決定下來了。

「先生，您受累了。」大竹七段慰問道。

「我淨信口開河，很對不起。」名人少有地道過歉後，就中途暫停了。

「臉浮腫我倒不在意。這裏亂糟糟的，真不好辦。」名人來回撫摩著自己的胸口，對文藝部長久米陳述自己的病痛。

「每當氣喘、心跳，或是胸口感到壓抑的時候……我原以為自己還很年輕吶。打五十歲起，我就感到年齡不饒人啦！」

「常言道，老當益壯嘛。」久米說。

「先生，三十歲以後，我也感到上了年紀哩。」大竹七段說。

「你還年輕吶。」名人說。

名人在休息室裏同久米部長坐了片刻，還閑聊了一陣少年時代的往事，比如到神戶去，去接受檢閱的軍艦上第一次看見電燈之類。

「生了病，醫生禁止打撞球，真不好辦啊。幸好還可以下下將棋。」名人說罷笑了笑，然後站起身來。

名人說可以下下，恐怕不只是可以下下吧。久米對今天馬上就要挑戰、決一勝負的名人說：

「還是搓麻將好，不用費腦筋。」

午飯時，名人只吃了酸梅就稀粥。

二十四

是由於名人患病的消息傳到了東京，文藝部長久米才來的吧。弟子前田陳爾六段也來了。列席觀戰的小野田六段、岩本六段兩人，是在八月五日一起到達的。聯珠棋名人高木在旅行中途順便來到了。正在訪問宮下的土居將棋八段也來遊學。棋賽場面，熱鬧非凡。

由於久米的體貼，名人不下將棋而搓麻將，對手是久米、岩本六段和砂田記者。這三人都是謹小慎微，名人卻專心致志，獨自沉思。

「你呀，太認真思考，臉就浮腫啦。」夫人擔心似地貼在名人的耳邊說。名人似乎沒有聽見。

高木樂山名人在他們旁邊指點我移動聯珠棋和活動五目。高木名人對所有的遊藝都十分精通，而且很會琢磨新的遊戲，使周圍的人都感到快活。今天還聽說他設計了一種「閨秀」的遊戲。

晚飯後，名人又以八幡幹事和五井記者為對手，下聯珠棋讓了兩子，直下到更深夜半。

白天，前田六段只同名人夫人談了片刻便急匆匆地離開了旅館。對前田六段來說，名人是他的師傅，大竹七段是他的師兄，他是擔心萬一被人誤解和非議，才避免同對弈者會面的。也許是想起了有人風傳名人同吳清源五段對弈時白160的絕著是前田六段發現的，他才這樣做的吧。

翌日，六日早晨，在《東京日日新聞》的照拂下，川島博士從東京前來給名人診病。據他說，病名叫主動脈瓣閉鎖不全症。

診視完畢，名人坐在病床上，又下起將棋來。以小野田六段為對手，採用

「未成銀將」的下法。然後高木名人同小野田六段對局，採用「朝鮮將棋」的下法。名人靠在扶手上觀戰。

「好了，搓麻將吧。」名人著急地催促道。我不會搓麻將，湊不夠數。

「久米先生呢？……」名人說。

「久米先生同大夫一起回去了。」

「岩本兄呢？……」

「也回去了。」

「是嗎……都回去了嗎？」名人有氣無力地說。他那種寂寥，深深地感染了我。

我也回到輕井澤去了。

二十五

報社和日本棋院有關人士，同東京的川島博士，以及宮下的岡島醫師商量之後，決定按照名人的意願，讓他繼續對弈。不過，由原先每隔五天一輪，一天五個小時對局，縮減成每隔三、四天一輪，一天兩個半小時對局，以減少名人的勞累。每次對局前後，還要接受醫生的診視，得到醫生同意才能弈戰。

來到這裏，縮短後邊的日數，是為了讓名人能從病痛中解脫出來，完成這盤棋而採取的孤注一擲。為了一盤棋，竟在溫泉旅館待上兩、三個月，這是太過分了。如通常所說的，這是「禁閉」。就是讓人「禁閉」在圍棋的境界裏。這期間，假使每隔四天休息、回家一次，擺脫圍棋，就可以散散心，消除一下疲勞。而實際上是把有關人員都禁閉在對局場地所在的旅館裏。這就不能鬆勁了。要是兩、三天或一周，問題倒不大，可關上兩、三個月，對六十五歲的老名人來說，卻太殘酷了。今天的對局，當然是照例禁閉，即使存在老人和時間長的問題，人們也不會認為這是缺德的吧。或許連名人本人也把這種過分的對局條件，看成是英雄的桂冠呢。

名人不到一個月就病倒了。

然而，來這裏之後，對局條件改變了。在對手大竹七段來說，這是重大的事。如果不依照當初的協議進行，名人是可以放棄這盤棋的。但名人畢竟沒有那樣講，只是這麼說：

「我休息三天，不能消除疲勞。一天下兩個半小時，鼓不起勁兒來。」

這是作了讓步，但大竹以年老的病人為對手弈戰，其處境也相當困難。

「先生有病在身，我強求他下，會使他為難……我是不想下了，先生是非下不可，也許社會上不會這樣看。而且會從相反的方面想。如果繼續對局，先生的病痛加重，我也有責任。那可不得了，一定會在圍棋史上留下汙點，遺臭萬年的。從人情上說，應該讓先生好好靜養，病癒再談下棋，不好嗎？」

不管在誰的眼裏，對手是重病者，無論如何，總難以同他對壘吧。因為自己是不願意讓人家認為：自己是趁對手生病，取巧獲勝。倘使敗北，更是聲名狼藉。眼下勝敗尚未分曉。名人一面對棋盤，自己便容易忘記病痛。這反而對想盡量把對手的病痛忘卻的大竹七段不利。名人完全成了悲劇的人物。報上也這樣寫道：名人談過，縱令繼續下棋，死在棋盤旁，也是出於棋手的本願。他最後成了以身殉藝的名人。神經質的七段對於對手的病痛漠不關心，也不同情，非要對弈不可。

報社圍棋記者甚至說：讓這樣的病人下棋，是不合人道主義的。但是，正是舉辦告別賽的報社自己，卻想方設法讓名人繼續對弈。這盤棋在報上連載，深受群眾的歡迎。我寫的觀戰記，也取得了成功，連不諳圍棋的讀者都閱讀了。也有人對我悄悄說：名人可能擔心這盤棋半途而廢，龐大的開銷怎麼辦？這種胡亂猜疑，未免過於牽強了。

總而言之，下一個對弈日——八月十日的頭天晚上，全體人員說服大竹七段同意續弈。人家說東他說西，他身上，好像有一股嬌兒似的彆扭勁，似是點頭同意了，其實又不然，顯得非常頑固。報社有關記者和棋院工作人員笨嘴笨舌的，實在無法對付他。安永一四段是大竹七段的知心朋友，又善於處理糾紛，他自告奮勇去說服七段。這是一個棘手的問題。

半夜裏，大竹夫人抱著嬰兒從平塚趕來。夫人勸丈夫教勸煩了，哭了起來。夫人一邊哭泣，一邊還是溫柔、和藹、有條不紊地跟丈夫講理。但這不是賢妻式的勸告辦法。我從旁觀察，深深佩服夫人的真心哭訴。

夫人原是信州地獄谷溫泉旅館的姑娘。大竹七段和吳清源在地獄谷旅館深居簡出研究新的佈局這段故事，在圍棋界是眾所周知的。我早已聽說夫人從姑娘時代就是個美人。一些年輕詩人從志賀高原來到地獄谷，都說夫人的姐妹們很豔美。我的這個印象，是從詩人那裏得來的。

在箱根旅館裏見面時，她已是一位不顯眼的能幹妻子，使我感到有點意外。不過，她抱著嬰兒時那種不講究穿戴、因操持家務而變得憔悴的形象，還殘留著當年山村牧歌式的風采。一見之下，就知道她是一位溫順而賢惠的妻子。她抱著嬰孩，如此文雅，我是從沒見過的。真使人不勝驚嘆。八個月的男嬰，長得端正、威風，在他的身上好像是蘊蓄著大竹七段的勃勃雄心。嬰兒肌膚潔白，可愛極了。

此後過了十二、三年，今天大竹夫人一見我就提起那孩子的事。

「這是承蒙先生誇獎過的嬰兒……」夫人說著指了指一位少年。她還常常提醒孩子說：

「你還是嬰兒時，浦上先生就在報上稱讚了你，不是嗎？」

手抱這個嬰兒的夫人淚眼汪汪地苦口勸說，大竹七段似乎心軟了。七段是個忠實於家庭的人。

大竹七段即使同意續弈，他也徹夜未眠，苦惱已極。黎明時分，約莫五、六點鐘光景，他便在旅館走廊上來回踱步。有時一大早穿好帶家徽的禮服，怏怏不樂地躺在正門大廳的長椅上。

二十六

十日早晨，名人的病情沒有變化。醫生同意他對局。他的臉仍然浮腫，身體明顯衰弱。也是那天早上，有人問名人：今天的對局場地是在本館還是在別館？名人答道：我已經不能走動了。不過，前些時候大竹七段說過，本館房間瀑布聲太嘈雜，還是由大竹七段來定奪吧。瀑布是用自來水人工造成的，於是決定把瀑布關閉，在本館弈戰。我聽到名人這番話，一股似是憤懣的哀傷湧上了心頭。

名人一埋頭於這盤棋，就完全忘卻自己的存在，一任工作人員的安排，不再像往常那樣任性了。就是在名人患病，發生了「以後怎麼辦」的糾紛之時，他自己雖是關鍵的當事人，也總是心不在焉，好像旁人的事似的。

八月十日的頭天晚上，月兒清亮。十日早晨，燦爛的陽光、鮮明的影子、淡淡的白雲，這是下這盤棋以來第一次遇上這樣好的仲夏天氣。合歡樹也縱情地展開它的葉子。大竹七段那短外褂上的白色結帶，清楚地映現在眼前。

名人夫人說：「不過，天氣穩定下來倒是好的。」可是她的面容突然變得消瘦了。大竹夫人睡眠不足，氣色也不佳。兩位夫人的臉枯乾而憔悴，閃爍著不安的目光，她們為各自的丈夫操心勞神，急得團團轉。可以看出，她們都表現了各自的利己主義。

仲夏時節，戶外陽光璀璨。在逆光映照下的室內，名人的身影顯得更加黯淡、淒愴。對局室的人都耷拉了腦袋，誰也沒有看一眼名人。今天，平素愛說俏皮話的大竹七段也緘口不言。

非要走到這一步不可嗎？圍棋究竟是什麼玩意兒呢？我十分同情名人。我想起直木三十五去世之前，作為他的一本少有私小說[25]中的「自我」，寫了這麼一句：「我真羡慕下圍棋」，「說它無價值吧，它是絕對無價值；說它有價值吧，它又是絕對有價值。」直木一邊逗弄貓頭鷹，一邊說：「你不寂寞嗎？」貓頭鷹啄破了擺在桌面上的報紙，那張報紙刊登了本因坊名人同吳清源的棋賽。由於名人患病，圍棋中途暫停了。直木試圖通過探討圍棋那種不可思議的魅力和勝負的專一性，來考慮自己寫的通俗文學作品的價值。「……近來，我對這種事漸漸感到厭惡了。現在已經四點多，今晚九點以前必須寫完三十頁稿紙。可是，我總覺得這無關緊要，能有一天的時間來逗弄貓頭鷹也就可以了。我並不是為自己，誰能知道我為新聞事業和家室操了多少勞啊？他們又是多麼冷酷地對待我啊？」直木埋頭寫作，死而後已。我最初認識本因坊名人和吳清源，就是由直木三十五介紹的。

25 日本的一種小說體裁，大多描寫身邊瑣事，又稱心境小說或自我小說。

直木臨終時像個幽魂。現在眼前的名人，也像個幽魂。

這天共進行了九手。大竹七段下黑99時，已到約定封盤時間十二點半，就決定後邊由七段獨自去思考。名人離開了棋盤。這時，才聽見歡聲笑語。

「當學僕的時候，捲菸抽光了，我就抽菸袋鍋……」名人慢悠悠地抽著菸，一邊說道。

「我把積存在袖兜裏的菸末都塞上去抽了。這倒也心安理得。」

一陣涼風吹了進來。名人沒在跟前。七段脫下羅紗外褂，陷入了沉思。

今天中途暫停，名人一回到自己的房間裏，馬上同小野田六段下起將棋來，實在令人吃驚。據說下完將棋，又搓麻將。

我覺得鬱悶，老待在對局的旅館裏實在吃不消，就躲進塔之澤的福住樓，寫了一回圍棋觀戰記，第二天便回到輕井澤的山中小屋去了。

二十七

名人活像比賽中的餓鬼，閉門不出，陶醉於一決勝負，這樣肯定會更加傷害身體。名人不是樂天派，總是鬱鬱不樂。對局時，無論是休息還是離開棋盤，他都是只知道沉溺於比賽之中。名人是不出去散步的。

以勝負為職業的人，一般地說也喜歡其他的勝負遊戲。名人的態度卻迥然不同。他從未輕鬆地消遣過。從未適可而止。他很有毅力，沒完沒了的，一連幾天幾夜也不歇息。從不見他去散心或消遣，像是被勝負的鬼迷住了心竅，叫人生畏。他連搓麻將和打撞球也同下圍棋一樣，達到忘我的境界。無論如何這是給對手添麻煩，可名人自己卻總是那樣實在而又純潔無垢。名人那種忘我精神與眾不同，使人總覺得它彷彿消失在遙遠的地方。

從中途暫停到晚飯這段短暫的時間，名人也是醉心於賽事。列席的岩本六段剛喝過晚酒，名人便迫不及待地把他喚來。

箱根首次對弈那天，中途暫停後，大竹七段剛返回自己的房間，就對女傭說：

「要是有棋盤，拿一個來。」他像是在分析剛才的戰局，傳來了放棋子的聲音。名人也聽見了，他卻馬上換了便服，無拘無束地出現在工作人員的房間裏。他讓兩子，同我下起聯珠棋來，只戰了五、六個回合，他就輕易地把我擊敗了。

「讓兩子有點鬧著玩，真沒意思，還是到浦上的房間去下將棋吧。」名人說著興沖沖地站起來走了。於是他同岩本六段下，讓了飛車，晚餐時分才告暫停。六段微帶醉意，大模大樣地盤腿而坐，一邊拍打著裸露的大腿。他敗給了名人。

晚飯後，從大竹七段的房間裏，繼續傳來輕輕的放棋子的聲音。不大一會兒，他下來了，他讓了飛車，故意捉弄砂田記者和我，一邊說道：

「啊，我一下將棋，就想唱歌，太失禮了。實際上，我是喜歡將棋的，不知為什麼我沒去搞將棋而下圍棋了。這個問題，我反覆思考，至今仍百思不得其解。我下將棋的時間遠比圍棋長久。記得我四歲就學會了將棋，為什麼學會了那麼長時間，反倒不強呢？……」說罷，他歡唱起兒歌、民謠，以及他拿手的穿插著俏皮話的副歌。

「大竹君的將棋，恐怕是棋院裏最強的吧。」名人說。

「哪裡。先生也很強……」七段答道。

「日本棋院沒有一人是將棋初段的。先生經常下聯珠棋吧？我不懂棋譜，一味使力氣……因為先生已有聯珠棋三段的水準了。」

「雖說是三段，也敵不過行家的初段，還是行家強啊。」

「將棋名人木村圍棋下得怎麼樣？……」

「大致是初段吧。近來似乎強起來了。」

接著大竹七段同名人互不讓子，下起將棋來，還伴以歌聲。

「噠噠卡噠噠，噠噠噠！」

名人也被吸引住，不由得和著哼了起來：

「噠噠卡噠噠，噠噠噠，噠噠噠！」

在名人來說，這可罕見。名人的飛車殺入了敵陣，略占優勢。

那時候，玩將棋還是很熱鬧的。可見自從名人一再患病之後，即使在消遣比賽中，也彷彿籠罩著一種陰森的氣氛。在八月十日對局之後，名人已活像冥府裏的人了，但仍然不得不去參加比賽。

下輪對局訂在八月十四日。名人的身體十分孱弱，病情益發嚴重，醫生禁止他對弈，工作人員也加以勸阻，報社也死心了。十四日，名人只下了一手，就決定停下這盤棋了。

對弈者一落坐，首先將棋盤上的棋盒放在自己的膝前。對名人來說，這棋盒很沉重。之後，造成了中途暫停的局面。就是說，兩人有秩序地你追我趕地走下去。起初名人的棋子好像是從指尖落下。隨著棋局的進展，愈下愈有力，放棋子的聲音也愈來愈高了。

名人全神貫注，一動不動。用三十三分鐘思考了今天這一手。本約定白100封盤，名人卻提出：

「我還能再下一會兒。」也許他就是那種心情吧。工作人員連忙商量。但是既然已經相約，只好決定下一手就結束。

「那就……」名人下白100封盤後，依然凝視著棋盤。

「先生，長期承蒙關照，實在太感謝了。請多加保重……」大竹七段寒暄過後，名人也只是應了聲「噢」，就由夫人代答了。

「正好是一百手……這是第幾輪了？」七段向記錄員打聽說，

「十輪？……東京兩輪、箱根八輪？下十輪一百手？……平均一天十手。」

後來，我到名人房間向他暫時告辭，名人卻只顧呆呆地仰望著庭院的上空。

名人本應從箱根旅館直接住入築地聖路加醫院，但據說這兩、三天他不能乘坐交通工具。

二十八

七月末，我的眷屬也遷到輕井澤來了。為了這盤棋，我往返於箱根和輕井澤之間。單程就得花七個小時，在對局前一天必須離開山中小屋。中途暫停多在傍晚，歸途要麼在箱根，要麼在東京歇一宿，前後得花三天時間。每隔五天一對局，回家也只能待兩天就要往回跑，每天還得寫觀戰記。這是一個令人討厭的多雨的夏天，加上我過於疲倦，雖然在對局的旅館住下後覺得好些，可是中途暫停後，我草草吃罷晚飯，趕著回家去。

名人、七段和我要是同住在一家旅館裏，我就很難撰寫這些人的事。即使同在箱根，我也要從宮下到塔之澤下榻，一方面要繼續撰寫這些人的事，一方面又要在下次對弈日同這些人照面，甚感不便。這是報社主辦的圍棋的觀戰記，為了宣傳鼓動讀者，也只得斗膽舞弄點文墨了。外行人哪會熟悉高段的棋藝呢，而一盤棋要連載六、七十天，只好著重描寫棋手的風采和舉止了。與其說我是觀棋，不如說我是觀察下棋的人。另外，對局的棋手是主人，工作人員和觀戰記者都是僕從。要非常鄭重地撰寫下去，就得對棋手抱有敬愛之情，除此以外別無他途。我不僅對棋賽非常感興趣，對棋道也深受感動。這是因為我能忘卻自己而凝視名人之故。

名人患病，告別賽終中斷。那天我返回輕井澤，心情很是沉重。在上野站，我把行李放在火車的網架上以後，一個高個子外國人在五、六排那邊的座席上不客氣地站了起來。

「那是圍棋吧？」

「是呀，你很在行啊。」

「我也有。這是很好的發明創造。」

金屬板棋盤有磁力，可以將棋子吸住，即使在火車上對局，也很方便。但一合上，就不知道是什麼玩意兒。我攜帶著它奔東走西倒也方便。

「請下一盤吧，圍棋很有意思，滿好的。」那位外國人用日本話說罷，旋即將棋盤擺在自己的膝上。他的膝又長又高，比放在我的膝上好下得多。

「這是十三級。」外國人明確地說，他好像計算過了。他是個美國人。

開始讓他六子試著下。據他說，他是在日本棋院學習，曾同知名的日本人對過弈，很像個樣子，不過棋藝還不到家，太緊張了。他輸了，也滿不在乎，不論輸幾局，都無所謂地結束了。對這樣的遊戲，硬要取勝，實在是沒有意思。他按照學來的棋路、堂堂正正地擺開了陣勢，開始下得還很出色，可是他毫無鬥志。你只要稍加還擊，或攻其不備，他就軟弱下來，沒有一點耐性，一擊即潰。這好比抓起一個沒有魄力的大漢子扔出去，我甚至有點討厭，莫非自己本性凶惡？棋藝高低且不說，他下得不起勁，沒有勢頭。不論棋藝多麼低下，要是日本人，遇上特別計較勝負的對手，就絕不會這樣不來勁的。他完全沒有下圍棋的氣質。我產生了一種異樣的心情，感到他完全屬於一個不同的民族。

在從上野站去輕井澤的四個多小時內，按照這種風格繼續對弈。對方輸了好幾盤而不氣餒，我對他這種樂觀的百折不撓精神算是折服了。對於他那種天真而老實的弱點，我覺得有點彆扭。

大概是洋人下圍棋稀奇，四、五個乘客靠攏過來，站在我們的四周圍觀。我有點不自在。這個一敗塗地的美國人卻毫不介意。

在這位美國人看來，自己操的外國語，是從語法學起的，講話像爭吵；再說他對這種消遣比賽不當一回事。總而言之，我同他下棋跟同日本人下棋很不一樣，這倒是事實。有時我想：圍棋對西方人來說，可能不大合適吧。我之所以這麼想，是因為在箱根人們經常談到圍棋愛好者在特尤巴爾博士的德國有五千人；圍棋在美國也開始受到歡迎。我以一個初學的美國人為例，認為西方人下圍棋可能不太合適也許這有點輕率，不過，一般來說，西方人下圍棋，缺乏圍棋手的氣質。日本的圍棋，已超出了娛樂和比賽的觀念，成為一種技藝。它貫穿著自古以來東方的神秘色彩和高雅精神。本因坊秀哉名人的本因坊，也是京都寂光寺的堂塔[26]的稱號。秀哉名人出家了，在第一代本因坊算砂僧日海三百年圓寂時，他被授予日溫的法號。我同美國人對局的過程，也感到這個人的國家沒有圍棋的傳統。

提起傳統，圍棋也是從中國傳來的。[27]不過，真正的圍棋是在日本形成的。

26 禪宗設有祖師塔的地方。

27 據一般資料記載，圍棋起源於中國四千年前原始時代末期，在距今一千二、三百年（一說一千五百年）以前傳到日本。圍棋傳入日本後，成為一種棋藝遊戲，特別是在本世紀以來發展很快。作為圍棋母國的中國，由於舊中國不重視圍棋，不重視培養棋手，棋藝一度不及日本。新中國成立後，大力發展圍棋事業，培養人材，棋藝有很大的長進。

不論是現在還是三百年前，中國的棋藝同日本無法比擬。圍棋的高深，是由日本人探索出來的。這與昔日由中國傳來的許多文物，中國已經相當發達不同，圍棋只有在日本才完全發展起來。不過，那是在得到江戶幕府的保護之後，是近代的事了。早在一千年前，圍棋就傳入日本。經過漫長的歲月，日本圍棋的科研成果也沒有培植起來。據說，在中國，人們把圍棋看成是仙心的遊藝，充滿了天地之元氣，三百六十有一路包含著天地自然和人生哲理。[28]然而，開拓這種智慧之奧秘的，正是日本。日本的精神，超過了模仿和引進。從圍棋來看，這種情況就很明顯。

也許其他民族沒有圍棋、將棋這類充滿智慧的遊藝和消遣技藝。思考一盤棋的時限是八十小時，決一勝負就得花三個月的工夫。這在別的國家裏，也許是沒有的。大概是圍棋也如同能樂、茶道一樣，早已根深蒂固地成為日本不可思議的傳統了吧。

在箱根，我曾聽秀哉名人談論過他的中國之行。主要是談他在哪裡同誰下了幾目的事。我想中國的圍棋也相當強，便問道：

「那麼中國的強手同日本的業餘強手大約不相上下吧？」

「對，大約不相上下。也許稍微弱些，也許業餘棋手都相近吧。因為在中國沒有專業棋手……」

「這麼說，日本與中國的業餘棋手水準大致相同囉？也就是說，倘若中國也像日本那樣培養專業棋手，中國人也會具備這種素質囉？」

「是這樣的。」

「也就是很有前途囉？」

「是很有前途的。不過不能操之過急……他們擁有相當水準的棋手，但很多

28 應是指《悟棋歌》頭兩句：「因觀黑白愕然悟，頓曉三百六十路。餘有一路居恍惚，正是金液還丹數。」為從道家觀點詠圍棋之詩歌。

人把圍棋當作賭博。」

「還是具備圍棋的素質吧？」

「是啊，他們也湧現出像吳清源這樣的棋手……」

我本來就打算近期採訪這位吳清源六段，在仔細觀察這盤告別賽以後，我更想去看看吳清源六段解說這盤棋的情況。我覺得這也是觀戰記的一種補遺。

這位天才出生於中國，長期旅居日本，彷彿是得天獨厚的象徵。吳六段的天才之所以能發揮，是因為他到日本來了。有一技之長的鄰國人，在日本受到敬重的，例子並不算少。眼前最生動的例子，就是吳六段。在中國可能被埋沒的天才，在日本得到了培養、愛護和優厚的待遇。這位少年天才，是遊歷中國的日本棋手發現的。他在中國時，已學習日本棋書。我覺得中國圍棋的歷史遠比日本悠久，它的智慧在這位少年身上放射出了光芒。只不過是，在他背後的這一股強大的光源沉淪在深深的泥土裏。吳有天才。儘管如此，倘使幼年時代沒有機會進行磨練，他的才華也就無法發揮，終究會被埋沒。就是現今的日本，曇花一現的棋才也並不罕見。無論是對個人還是對民族來說，人的能力常常會遭到這種命運。一個民族的智慧，過去光輝燦爛，現在有點減弱；或是過去到現在一直被埋沒，將來卻一定會發揮出來，這種例子也是很多的。

二十九

吳清源六段住在富士見的高原療養所裏。每次在箱根對局，砂田記者都到富士見去取解說的口述筆記。我把這些筆記適當地插入觀戰記裏。報社之所以選中他擔任解說，是因為他同大竹七段是年輕棋手的雙璧，實力和名望都是旗鼓相當，出類拔萃的。

吳六段頻繁弈戰，弄壞了身體。他還寫了一些隨筆，對中國和日本發生戰爭一事感到痛心，企盼早日迎來和平的日子，讓日中兩國的雅客泛舟風光明媚的太湖。在高原的病榻上，他閱讀了《書經》、《神仙通鑒》、《呂祖全書》等典籍。昭和十一年[29]，他加入了日本國籍，起了個日本名字：吳泉。

我從箱根回到輕井澤，學校已放暑假。接受軍訓的學生隊伍開進了這個國際避暑勝地，可以聽到槍聲。我的二十多位親友也離開文壇被征入伍，參加了海軍進攻漢口的戰役。我被淘汰了，沒有從軍。我有時在觀戰記上這樣寫道：據說從前在戰時就很流行圍棋，軍人在陣地上對弈的佳話也為數不少。日本武道和藝道的精神是息息相通的[30]，同宗教的教義也是息息相通的。圍棋是最好的象徵。

八月十八日，砂田記者應邀前來輕井澤，他從小諸乘上了小海線火車。一位乘客說：在八岳山麓的高原，半夜裏有許多蜈蚣類的昆蟲爬到鐵軌上納涼，車輪

29 即一九三六年。

30 一九三七年七月七日，日本軍國主義發動全面侵華戰爭，日本國內規定學生一律接受軍訓，全國大量徵兵，文化人士也不例外。由於國民黨政府執行不抵抗政策，平津、寧滬相繼失守，國民黨政府還至武漢。一九三八年十月日軍又攻占了武漢。戰爭期間，日本軍國主義進一步利用一切手段和機會鼓吹武士道精神，棋道的拚搏精神也被宣揚與武士道精神相通，借此煽動戰爭狂熱。

把它們輾死，輪子都被脂肪弄滑了。當晚在上諏訪溫泉的鷺之湯旅館裏泊宿，次日清晨去了富士見療養所。

吳清源的病房位在正門上方的二樓，一邊犄角上鋪了兩鋪席。小小的木板棋盤架在組裝的木腿上，上面鋪了一塊小墊子。吳六段邊擺小棋子邊解說。

昭和七年，我和直木三十五在伊東的暖光園看見吳清源同名人對弈，名人讓二目。六年前的那個時候，他身穿藏青底白碎花紋的筒袖和服，手指修長，脖頸白皙，使人感到他具有高貴少女的睿智與哀愁，如今又加上少僧般的高貴品格。從耳朵到臉形，都是一副高貴相。過去從未有人給我留下過這樣天才的鮮明印象。

吳清源讓人不停地記錄下他的解說。他常常雙手托腮，落入沉思。窗外的栗樹葉子被雨水濡濕了。我問這是下什麼棋。

「是啊，是細微的棋，非常細微的棋。」

這盤棋進行到中盤就暫停。況且是同名人對弈，其他棋手不好對勝負妄加猜測。更重要的是，我很想聽聽有關名人和大竹七段的棋法。也就是說，把這盤棋當作藝術品，從鑒賞棋風的角度加以評論。

「是精湛的棋藝啊！」吳清源回答。

「是啊。一句話，這盤棋對這兩人來說，都非常重要。因此兩人都下得非常精心、非常穩健。都沒有錯看漏看任何一步棋。這種情況極其罕見。我認為這是一盤非常精彩的棋。」

「哦？」

我還不十分滿足，又問道：

「黑子下得很扎實、很穩重，連我們這些人都看明白了。白子也是這樣嗎？」

「對，名人也下得很穩健。一方穩紮穩打，一方不穩健，就必然凌亂，處於守勢。時間十分充裕，這是非常重要的一盤。」

這是很膚淺的見解，不會得罪任何一方。看來，他不會說出我所希望的那種評語。應我的提問，他判斷了細棋的形勢，也許這倒是一種大膽的回答。

然而，我一直看到名人倒下。我對這盤棋最受感動的時候，多麼想聽聽有關觸及精神境界方面的解說啊。

文藝春秋社的齋藤龍太郎在附近的旅館裏療養，我們在歸途中順道去探視了他。齋藤告訴我們，直到剛才他還在吳清源的鄰室。

「常常在夜闌人靜的時候傳來放圍棋子的聲音，很響亮哩。」

齋藤還說，他看見吳清源把探病的客人直送到大門口，舉止非常穩重。

名人的告別賽結束不久，我和吳清源應邀到南伊豆的下賀茂溫泉去，聽到了一個有關圍棋夢的故事。據說有人在夢裏找到了絕招，醒來後還記得一部分著法。

「下棋的時候，自己也往往感到這盤棋好像在什麼地方見過似的，就想：是不是在夢裏見過的棋呢？」吳六段說。

據說，在人們的夢中，大竹七段出現次數為多。

三十

名人住進聖路加醫院之前，我曾聽他談過：

「由於我生病，這盤棋中途暫停了。不過，我不希望第三者拿未下完的一盤棋隨便評頭品足，對黑白子說三道四。」這番話頗似名人在那種場合的語氣。不是對弈者畢竟不會知道作戰的發展趨向。事實恐怕也是如此吧。

這時候，名人對局勢似乎抱有希望。下完棋之後，名人對《東京日日新聞》五井記者和我冷不防地流露了這麼一句：

「入院時我沒有想過白子下得不好。當然，也感到有點奇怪。倒沒有明確想過會輸棋。」

黑99刺白中原的虎，白100接是住院前的一著棋。名人在其後的講評中也說：倘使白100不是連續棋，而是抑制右邊的黑子，防止侵入白模樣，「恐怕黑子面臨的局面也不容樂觀吧」。又，白48可以打在下邊的星位，作為佈局，「占要地，不能不說也是白子得意的著法」。名人早就在這裏看到了「相當有希望」。可以認為，「黑子讓白子占要地下47，是過於穩健。應該說是緩著」。

然而，大竹七段在對弈者的感想中寫道：如果黑47走得不穩健，在那裏勢必給白子留下施展手段的餘地，這是他所忌避的。另外，據吳六段的解說，黑47是絕招，是穩健的著法。

黑穩健地走47，接著白占領下邊的星位大場，這時候，在旁觀戰的我不禁嚇了一跳。倒不是說，我從黑47這一手感受到大竹七段的棋風，而是似乎覺得七段已經悟到自己在此面臨決一勝負的形勢了。他讓白爬在第三線，自己卻牢固地築起一道直到黑47為止的厚牆。從這裏可以看出大竹七段渾身充滿了力量。七段穩紮穩打，採用了絕不輸棋和絕不中對手圈套的著法。

在中盤百手附近，細棋形勢或者說形勢還並不明朗。輪到黑子下棋，毋寧說這是大竹七段穩妥有膽識的作戰佈局。論厚實，黑子略勝一籌，首先黑子陣勢牢固，然後一步步侵削白模樣，即轉入七段拿手的戰術。

大竹七段曾被譽為本因坊丈和名人的再世。丈和是古往今來首屈一指的力棋，秀哉名人也經常被人譽為具有丈和的棋風。棋下得穩重，以戰為主，憑實力克敵。這是一種豪放而強烈的棋風。他善於挽救危急和適應變化，每每創造出精湛的棋局，在業餘棋手中間更有聲望。他們這麼想：這兩人均以力量對力量，連連激戰，縱觀全局，你爭我奪，可能會呈現出一派豐富多彩的棋勢吧。可是這種期望完全落空了。

大概大竹七段早已有所警惕：「正面對付秀哉名人的拿手招數很危險。」因而極力避免捲入廣泛的戰鬥和難解難分的糾葛之中，竭力縮小名人作戰的餘地；另一方面努力爭取把棋局引向自己拿手的形式。雖然讓白占領大場，也是為了牢固地站穩腳跟。這種堅實的著法，不僅不是消極的，而且潛在積極的因素，充滿了堅強的自信。表面上堅韌自重，實際上內中蘊含著力量。因此，既已定下快攻的目標，就不能不相機強攻了。

不論大竹七段多麼警惕，在一盤對局中，名人總是有機會強行挑戰。白子也是在兩角先下，這是很有趣味的棋。白子目外，黑子進入三三的左上角，對六十五歲的名人最後一盤勝負棋打出了新的招數。果然，不久這角上風雲變幻，把棋勢弄得複雜極了。連名人也覺得這是很重要的棋，他避開複雜變化中的混戰，選擇了簡截了當的著法。爾後棋到中盤，基本上是按黑子的招數走了，於是大竹七段使出渾身解數，不大工夫就自然而然導致細棋的形勢。

當然，這盤棋按黑子著法，必然形成細微的局面，大竹七段每一手也要好好保留下來。但是，白子已成功在望。這倒不是名人施展了特別戰術。也不是鑽了黑子的敗著。而是順著黑子穩健推進的招法，流水行雲般的，輕輕鬆鬆在下邊劃了白的模樣，不知不覺地變成了微妙的勝負局勢，這也許是名人達到了成熟的境地吧。名人的棋力決不因高齡而減弱，也不因病痛而受到損傷。

三十一

本因坊秀哉名人從聖路加醫院回到世四谷宇奈根的宅邸時說：

「回想起來，打七月八日離開這兒，約莫過了八十天，夏去秋來，都沒在家待過啊。」

當天，名人在附近漫步了二、三百米，這是近兩個月裏走得最遠的一次。在醫院裏整天臥床，腿腳沒勁，出院兩周，好歹能坐直了。

「五十年來，我習慣正襟危坐，盤腿反而覺得痛苦了。在醫院淨躺在病榻上，回到家中，現時還不能端坐；用飯時，把桌布耷拉在前面，坐下把腿藏起來，大模大樣的。與其說盤腿，不如說將兩條細腿伸了出去。過去從未有過這種動作。我不能長時間端坐，這同對手下棋就不好辦了。我正努力恢復正坐姿勢，還不能說很有把握。」

名人喜愛的賽馬季節已到。他心臟不好，非常謹慎從事。不過，他實在忍耐不住了。

「帶有練習走路的意思，我試著到府中市去了。在那兒看了賽馬，太痛快了。我心頭湧上了一股『能下棋』的難以想像的力量。回到家中，卻已累得精疲力盡，這是體質還很虛弱的緣故吧。儘管如此，我還是去看了兩次賽馬，下棋似乎不會有什麼障礙了。於是，今天決定在十八日左右繼續對弈。」

名人這些談話，是《東京日日新聞》黑崎記者記錄下來的。談話裏提到的「今天」，是指十一月九日。名人的告別賽於八月十四日在箱根暫停之後，正好是第三個月又能繼續參戰了。臨近今天，對局地點改在伊東的暖香園。

在弟子村島五段和日本棋院八幡幹事的陪伴下，名人夫婦在對局前三天的十一月十五日到達暖香園。大竹七段於十六日也來了。

在伊豆，蜜柑山豔美極了，海邊的夏蜜柑和橙子一片黃澄澄。十五日陰天，冷颼颼的。十六日小雨，廣播電台說，各地都降了雪。可是十七日天氣和暖，成了伊豆的小陽春天氣。名人到音無神社和淨池運動去了。對不愛散步的名人來說，這是難得一見。

箱根對局前夜，名人把理髮師喚到旅館裏來。十七日，在伊東也讓人剃了鬍鬚。同在箱根時一樣，夫人在背後支著他的頭。

「你們那裏也能把白髮染黑嗎？」名人一邊對理髮師喃喃地說，一邊將深沉的視線投向午後的庭院。

名人在東京把白髮染黑了才來的。染黑了白髮才參戰，對名人來說，不很相稱。名人在對局中途病倒之後，也想這樣打扮一番吧。

平時名人把鬢角理得很短，現在卻留得很長，梳了個分頭，而且把白髮染黑，總覺得有點滑稽可笑。不過，經過理髮師的剃刀修剪，褐色的皮膚和高聳的顴骨便裸露出來了。

同在箱根時一樣，名人臉色蒼白，卻沒有浮腫。看上去也不是十分健康。

我一來到暖香園，馬上到名人的房間裏探望去了。

「噢，啊……」名人茫然若失地說：

「到這兒來的前一天，我曾去聖路加醫院請大夫診視，飯田博士也歪著腦袋說：『心臟病未愈，這次胸腔內又有些許積水。』來到伊東之後，還請大夫瞧過，據說是支氣管炎……大概患感冒了吧。」

「哦？」

我也無言以對。

「也就是說，舊病未愈，又添了兩種新病。三種病哩。」

日本棋院和報社的人也都在場。

「先生，請不要把您的健康情況告訴大竹……」
「為什麼呢？」名人露出詫異的神色。
「只怕大竹嘮嘮叨叨，把事情弄複雜了……」
「事實就是這樣嘛……不好隱瞞。」
「你還是不讓大竹知道好，要不他又像在箱根時那樣，嫌您是病人吶。」
名人沉默不語。
過去任何人問及名人的健康狀況時，名人都是不介意地如實相告。
名人斷然把嗜好的晚酌和香菸戒掉了。名人在箱根幾乎不走動，如今在伊東努力到戶外運動運動，想多吃點東西了。他還將白髮染黑，也許就是那種決心的表現吧。
我問他下完這盤棋，是按往年慣例到熱海或伊東避寒去，還是再住院，名人突然開心地說：

「噢，其實能不能熬到那時候還是個問題哩……」

他還說，迄今沒有倒下而能夠弈戰，恐怕是由於自己「心不在焉」的緣故。

三十二

前天晚上，暖香園對局室換上了新鋪席。十一月十八日早晨，一踏入這房間，還嗅到飄溢出一股新鋪席的氣味。小杉四段從奈良屋搬來了在箱根使用過的名棋盤。名人和大竹七段就坐後，一打開棋拿蓋子，黑子便漾出一股夏天的黴味。他們讓旅館的掌櫃和女傭來幫忙，當場把黴菌拂去。

名人啟封白100，已是上午十時半了。

黑99對白中央虎形刺，白100黏。在箱根的最後一天，名人只走了這一手。終局之後，名人講評著：

「白100，雖說是在病重住院前夕，中途暫停時走的一著棋，也未免有點考慮不周。這裏應該是應先，應在『18・十二』位立，以此鞏固右下角的白空。黑既然刺了，勢必會斷。白被斷，也不那麼難受。倘使白100固守地域，黑子形勢恐怕也不容樂觀。」但是，白100不是壞棋，也不是由於這手才把形勢破壞的。大竹七段和第三者也都看出名人當然要走這步棋。

白100封盤，大竹七段應該早在三個月前就看出來。我們這些外行人也會認為，接著的黑101只有侵入右下角白空的一著，而這一著也只有兩路跳進的一手。可是到了十二點午休，大竹七段也沒有下這一步棋。

午休時間，名人走到庭院，這也是不多見的。梅枝和松葉閃閃生光。八角金盤和大吳風草也綻開了花朵。大竹七段房門外邊的茶花叢中，先綻開了一朵帶斑點的花。名人駐足花前，觀賞著這朵茶花。

下午，松樹的影子落在對局室的拉窗上。繡眼鳥飛來，啁啾鳴囀。大鯉魚在房檐下的泉水裏，游來游去。在箱根奈良屋旅館裏餵養的是錦鯉，這家旅館是黑鯉。

七段總是不走黑101。名人也等累了吧。只見他平平靜靜地合上眼睛，彷彿進入了夢鄉。

「這會兒可真難啊！」

觀戰的安永四段嘟噥了一句，半曲著膝，閉上了眼睛。

究竟有什麼可難的呢？我深感奇怪：是不是七段明知應走「18．十三」位跳一間，卻故意不走而消磨時間？工作人員也焦灼異常。七段作為對弈者，談感想時說過：當時他猶豫是應跳在「18．十三」位呢還是爬在「18．十二」位？名人在某次講評時也說：「這正是得失難分的時候。」儘管如此，續弈的最初一手，大竹七段花了三個半小時。總之，這是一種異樣的感覺。走這一手，秋陽已經西沉，電燈也亮了。

名人只用五分鐘，將白102一間小飛向黑挺進。七段走黑105，又思考了四十二分鐘。在伊東的頭一天，只走了五手，黑105封盤。

這天兩人所費時間，名人只花了十分鐘；相形之下，大竹七段花了四小時十四分鐘。從第一手開始，黑花了二十一小時二十分，超過了規定時間四十個小時的一半以上。這是空前的。

列席觀戰的小野田六段和岩本六段去出席日本棋院的升段賽，這天他們沒有露面。

我曾在箱根聽岩本六段談過：「近來大竹先生的棋下得很不明朗啊。」

「圍棋也有明朗不明朗之分嗎？」

「當然囉。這是不同的棋風嘛。唉，圍棋是陰鬱的玩意兒。令人感到不明朗。這個明朗不明朗，當然與勝負無關。這並不是說大竹先生變得軟弱了……」

在日本棋院舉辦的春季升段賽上，大竹七段八盤全敗。

可是在選拔擔任名人告別賽對手的新聞盃賽中，他卻大獲全勝。他的成績很不穩定，真叫人吃驚。

針對名人的黑子的下法，也不能認為這是明朗的。它給人一種壓抑的感覺，恍如從地底迅速上升或者屏息叫喊似的。力量凝結在一起，好像不是自由的流露。又好像是開頭輕巧，後來漸漸咬緊的走法。

聽說棋手的性格大致有兩類。一類是同別人下棋時自己覺得不足、不足，另一類是覺得得意、得意。比如，大竹七段是前者，吳清源六段就是後者。

不足型的七段，自己也把這盤棋說成是非常細微的，倘使沒有看準，就不隨便下一子。

三十三

在伊東，過了一天，果然發生了糾紛。鬧得幾乎連下次續弈的日子都不能決定下來。

同在箱根那次一樣，名人生病，要求改變對局的條件，大竹七段不肯接受。七段比箱根那次還要強硬得多。也許是在箱根吃了苦頭吧。

這些內部的糾紛不能寫在觀戰記上，因此我也記不清楚了。問題是規定的對局日期。

起初約定每次相隔四天，第五天續弈。在箱根就是這樣進行的。間歇四天，本是為了讓棋手休息。可禁閉在旅館裏，老名人反而更增添了疲乏。他的病愈發嚴重了，也曾提出過縮短四天的休息時間。大竹七段卻一口拒絕了。箱根最後一日，提前了一天，即僅在第四天就續弈了。這天名人只下了一手。雖遵守了規定的對弈日，可最終還是違背了從上午十時至下午四時對局的規定。

名人的心臟病是痼疾，什麼時候才能完全治好，這很難說，所以聖路加醫院稻田博士才勉強同意他去伊東，並且希望他在一個月內下完這盤棋。在伊東的頭一天，名人面對棋盤，眼瞼有點浮腫了。

名人擔心發病，才希望盡快獲得解放。作為報社，也想方設法早日結束這盤深受讀者歡迎的棋。日子拖長是很危險的。那就只有縮短對局之間的休息日。可是，大竹七段卻輕易不答應。

「作為大竹的老朋友，我不妨去求求看。」村島五段說。

村島和大竹都是作為關西的少年棋手來到東京的。村島入本因坊門下，大竹則拜鈴木七段為師，兩人很早就有了交情，同時又是同行關係，村島五段對此很樂觀。他心想：只要自己說明緣由拜託大竹七段，大竹七段總會理解的。誰知道村島連名人身體欠佳也都照實說出來，結果適得其反，大竹七段的態度反而更加強硬起來。他質問工作人員說：「你們對我隱瞞了名人的病情，又讓我同病人對弈，是嗎？」

對局期間，名人的弟子村島五段一直住在旅館，如果因為他常同名人會晤，而有損於勝負藝術的莊嚴，那麼大竹七段早就生氣了吧。前田六段是名人的弟子，也是七段的妹夫，他即使到箱根來了，也不在名人的房間裏留宿，而住在另一家旅館。對局條件本是嚴肅的，企圖把它糾纏在友誼或人性之上，改變它，這也使七段的怒意難消。

另外，同一個高齡的病人再次弈戰，也可能使七段比什麼都感到厭惡吧。況且對手又是名人，七段處境就更加困難了。

最後，事情愈弄愈複雜。大竹七段聲稱：不繼續對弈了。同在箱根時一樣，夫人帶著孩子從平塚趕來勸七段。還請來了一位名叫東鄉的掌療法醫生。大竹七段曾向友人推薦過這位醫生的治療法，在棋手當中，東鄉早已揚名了。七段不僅迷信東鄉的治療，就是在生活方面，也很重視東鄉的意見。東鄉有點像修行者。七段幾乎每天早晨都念《法華經》，有時深信別人甚至到了依賴的程度。他也是個篤信恩德類型的人。

「東鄉的話，大竹一定會聽從的。東鄉好像是勸他繼續下吧……」工作人員說。

大竹七段勸我說：這是個好機會，也請東鄉檢查一下身體吧。大竹顯得又親切又熱心，我一到他的房間，東鄉就用手掌按摩我的身體。

「哪兒都沒有病。身子孱弱些，但是會長命的。」東鄉馬上說了一句。過了片刻，他又將手掌伸向了我的胸口。我自己試著觸摸了一下，只覺得右胸上的棉袍暖和起來了。真是不可思議啊！東鄉只是將掌心靠近，並沒有觸及我，左右都做了同樣的動作，右邊胸口是溫乎乎的，左邊卻是涼颼颼的。據東鄉說，這溫熱是經過治療，右胸向外冒出了類似毒素的東西造成的。我的肺和肋膜不曾有過自覺症狀，用X光透視也未發現異樣，只是有時右胸發悶，也許是曾經患過輕微肺病的緣故吧。就算留下了殘根，右胸的感覺也反映了東鄉的掌療法是有功效的。可是怎麼能透過棉袍使右胸溫熱起來呢？這使我震驚不已。

東鄉也對我說：這盤棋是大竹七段的重大使命，如果出現類似放棄的做法，他終生勢必遭到世人的唾棄。

名人只是等待著工作人員同七段談判的結果，除此以外別無他事可做。誰也不會把細節告訴名人，名人大概不會知道糾紛鬧到對手甚至揚言要放棄這盤棋。可是，徒然地打發日子，也著實叫人著急。名人到川奈飯店去消遣解悶。我也被邀去了。第二天，我又邀了大竹七段。

七段揚言要放棄這盤棋，卻沒有直接回家，依然在對局室所在的旅館裏住著。我認為經過勸解，他過幾天還是會讓步。果然不出所料，最後實際上還是每隔三天舉行，當天下午四點中途暫停，這是二十三日達成的協議。在十八日中途暫停的第五天，問題終於解決。

在箱根，對局每隔五天改為每隔四天舉行。那時七段曾這麼說道：「我休息三天，疲勞消除不了。一天下兩個小時，情緒也提不起來啊！」這回間隔休息時間縮短為兩天了。

三十四

好容易剛剛達成的協議，又撞上了暗礁。

名人一聽說事情已談妥，就對工作人員說：

「馬上從明天開始！」大竹七段卻說：明天歇息一天，後天再續弈吧。

名人非常沮喪和焦灼，他一聽說達成協議，當場抖擻精神，恨不得立即對陣，於是作出了簡單的反應。但是七段對此反應非常警惕。幾天的糾紛，他的腦子已疲憊不堪，他想好好沉下心來，隨時準備重新弈戰。這是兩人不同性格的表現。另外，七段由於過度費神，前幾天起就一直鬧肚子。再加上帶來旅館的孩子又患感冒，還發了高燒。溺愛孩子的七段，甚是擔心。明天無論如何是不能對局了。

作為工作人員，讓名人一直空等，事情辦得是非常不漂亮。可他又不好對難得高興的名人說：由於大竹七段的關係，又要再延長一天。名人說「從明天開始」，說得很堅決。名人和七段的地位不同，必須說服七段。七段勃然大怒。他正在氣頭上，更不會答應了。七段聲稱要放棄這盤棋。

日本棋院八幡幹事和《東京日日新聞》的五井記者呆呆地沉默不語，坐在二樓的小房間裏等候，似乎都很疲乏了。他們難以應付，有點想放棄的樣子。兩人平素都是罕言寡語，屬笨嘴笨舌類型的人。晚飯後，我也在這房間裏。旅館女傭來對我說：

「大竹先生說有事要同浦上先生談，他在另一間房裏等您。」

「等我？」

我萬萬沒有想到。兩人也望了望我。我在女傭的引領下，來到了一間寬敞的房間裏，只見大竹七段獨自坐在那兒。雖有火盆，房間還是冷颼颼的。

「把您請來，實在對不起。長期以來承蒙先生諸多關照，謝謝了。我已經決定，無論如何也要放棄這盤棋。像這種情形，實在是不能奉陪下去了。」七段斷然地說。

「啊？……」

「因此我想見您，向您致意……」

我只不過是個觀戰記者，從所處的地位來說，大竹沒有必要特地向我致意，可是他卻鄭重其事地向我致意了。這是彼此友好的象徵，我的地位也不同了。我不能只說聲「是嗎」就不聞不問。

箱根發生糾紛以來，我都是旁觀者，一切與我無關，我什麼都不插嘴。就是現在，七段也不是同我商量，而是向我陳述。兩人面對面坐著，我傾聽著七段訴說苦衷，這才第一次動了心思：我倒可以出面調停、說點意見。

我大致講了這些：作為秀哉名人告別賽的對手，大竹七段是憑自己的力量進行弈戰的。然而，這不是大竹個人在戰鬥，而是作為另一個新時代的選手、繼承歷史進程的代表在同名人對棋的。在選出大竹七段之前，曾舉辦了歷時一年的「向名人告別賽挑戰的決戰」。首先是在六段級進行，久保松、前田獲得優勝。鈴木、瀨越、加藤、大竹參加了七段級，舉行了六人循環賽。大竹七段完全戰勝了。鈴木和久保松兩位恩師也都敗在他的手下。鈴木七段在風華正茂之年，本想爭到先手，以戰勝名人；或輪流先走，以攻入敵陣，不料根本沒碰上同名人對弈的機會，據說這使鈴木遺憾終生。按理說，大竹應讓這兩位恩師獲得再次同名人對弈的機會，才是盡弟子之情。然而，大竹七段竟擊敗鈴木七段。爭奪決勝負的是連獲四勝的棋手久保松和大竹這師生二人。這樣看來，也包含這樣的意思：大竹七段是作為兩位恩師的替身與名人對弈的。比起像鈴木、久保松這些元老來，年輕的七段的確是現今的棋手代表。大竹七段的知交和棋敵吳清源六段，也可能成為並列的代表。可是，他五年前同名人對局，採用新的佈局，輸了。吳清源雖然也獲得了選手權，但還他是五段。對名人來說，從前不是真正對弈，情況不是像名人的告別賽那樣。這之前，名人的勝負棋遠溯十二、三年前，對手是雁金七段。那時是日本棋院同棋正社的對抗賽，雁金七段是名人的宿敵，老早以前就是名人的手下敗將。名人當然又戰勝了。於是「常勝名人」最後的勝負棋，就是這盤告別棋了。這次對弈同雁金七段和吳清源六段的對弈，意義不同。縱令大竹七段戰勝名人，也不會立即給下一代名人造成麻煩吧。因為告別賽是時代的轉折，也是時代的交接，後來人將會給棋界帶來新的朝氣。中斷告別賽，就好比阻止了歷史的進程。大竹七段責任重大，憑自己的個人義氣和具體情況就放棄這盤棋，這樣做合適嗎？大竹七段要活到名人現在這把歲數，還得有三十五年。也就是說這三十五年比出生後度過的三十年，還要多五年。同圍棋昌盛時期在日本棋院培養起來的七段相比，名人過去所受的苦楚是不同的。總之，從明治的草創期，經過勃興，到近年的昌盛，名人一直肩負著圍棋的重任，是棋界的頭號人物。成全這六十五年生涯的告別賽，難道不是後繼者的本份嗎？在箱根，病人雖有些任性，還是強忍著老人的病痛，堅持續弈了。他雖身體欠佳，還是想在伊東下完這盤棋，甚至還把白髮染黑才來。這也是一種拚搏精神吧。年輕對手卻要放棄這盤棋，社會上都會同情名人，大竹七段就會成為眾矢之的。即使七段理由正當，也將會以爭論不休或互相揭短而告終。事情真相，世人是不會知曉的。這是具有歷史意義的告別賽，大竹七段放棄比賽，這也將載入圍棋的史冊。更重要的是，七段肩負著下一個時代的責任。如果他放棄這盤棋，人們有關終局勝敗的揣摩推測，就會成為喧囂而醜惡的街談巷議。年輕的後來人妨礙病中的老名人的告別賽，這樣好嗎？

我斷斷續續地說了這許多。七段仍無動於衷，也不說聲「下吧」！七段當然有正當的理由，他一再忍讓，心裏鬱積著不服的情緒。這次如又讓步，那就得不顧自己的情況，明天就下了。這樣做，實在不能充分發揮棋術，還是不下更符合自己的心願。

「那麼，延長一天，從後天起可以吧？」我說。

「噢，是啊，不過已經不行了。」

「後天可以吧？」

我叮問了一句。但我沒說要同名人商量，就向大竹告辭了。七段再三向我招呼：他不再堅持了！

我回到了工作人員的房間裏，五井記者正枕著胳膊躺臥著。

「大竹說他不下了吧？」

「對，他對我說不下了。」

八幡幹事蜷縮著肥厚的脊背，憑靠在桌子邊上。

「我覺得延長一天也還可以，我去找名人請求延長一天試試看吧。」我說。

「我可以同名人談嗎？」

我到名人房間一落坐就說：

「其實，我是有事來求先生……本來我是沒有資格提出這種要求的，我是多管閑事，能不能把明天的對局改為後天進行呢？大竹先生說，希望能延長一天，他帶到旅館裏來的那個小兒子生病，高燒不退，大竹先生很是擔心。聽說大竹本人也拉肚子……」

名人呆呆地聽完之後，爽快地說：

「行啊！」

「就這麼辦吧！」

我頓時熱淚盈眶。這出乎我意料。

問題這樣簡單地解決了。可是，我不想馬上離開，我同名人夫人閑聊了一會兒。名人後來不論是對延期或是對對手大竹七段都沒有談及一句。延長一天算不了什麼，不過名人迄今已經等得不耐煩了，眼看著明天就要對局，這樣情緒將會受到挫傷，對於競技中的棋手來說，並不是一個不重要的問題。這個問題，連工作人員也不敢貿然跟名人談的。我這是受人之託。名人肯定敏銳地洞察到這點。名人若無其事地應允了，這深深地打動了我的心。

我先到工作人員的房間，把這件事告訴了他們。然後又到大竹七段的房間，告訴他說：

「名人說延長一天，後天進行也可以。」

七段出乎意外。

「這樣，就是名人對大竹先生讓步了，下次遇上什麼事，也請大竹先生禮讓一下吧。」我說。

夫人在床邊服侍病孩，她向我鄭重地表示了感謝。房間裏凌亂不堪。

三十五

在相約的後天，即十一月二十五日——這是自十八日以來，事隔七天，又能續弈了。在棋院舉行升段賽期間，列席觀戰的小野田六段和岩本六段，頭天晚上也抽空趕來了。

名人的坐墊是緋紅的緞面，配以紫色的憑肘，活像僧侶的座席。自名人棋家第一代日海，即算砂以來，本因坊家都是僧籍。

「現在的名人也是出家人，僧名叫日溫，還穿袈裟呢。」八幡幹事說。對局室裏掛著一塊半峰的匾額，上面寫著「生涯一片山水」幾個字。我觀賞著右下方的書法，回憶起報上刊登過的有關這位高田早苗博士病篤的報導。另一塊匾額是中洲三島毅博士書寫的伊東十二勝記。另一間八鋪席的房間裏，懸掛著雲水的流浪詩的掛軸。

名人身旁放著一個橢圓形的梧桐木大火盆。為了防止感冒，身後還放了一個長方形的火盆，開水冒出了熱氣。七段說了一聲「請便」，名人就一如原樣地圍著圍巾，裏面穿著毛線衣，外面裏上外褂似的禦寒服。據說他有點低燒。

啟封105，名人用兩分鐘下白106，大竹七段又陷入長久思考。

「真怪啊，時間到了。連這樣有才能的人也用完四十小時，實在令人吃驚。這是有史以來第一遭。是白白浪費時間嗎？本來一分鐘能下完，可是……」大竹還說了些夢囈般的話。

這是個陰天，白頭翁鳴囀不已。來到走廊，看見泉畔開了兩朵杜鵑花，也結了蓓蕾。黃鶺鴒飛近走廊。遠處傳來了電動馬達揚起溫泉水的聲音。

七段下黑107，花了一小時零三分。黑101侵入右下白模樣，這手是先手十

四、五目；黑107在右下角擴大地盤，這手是後手二十目左右，這兩手大得其益的都是黑子。這是有目共睹的。還是黑子下得順手。

然而，在這裏又輪到白子先手。名人滿臉嚴肅的表情，他合上眼睛，靜靜地調整了呼吸。不知什麼時候，紅潤的臉變成了紫銅色，臉頰上的肌肉忒忒地抽動。他彷彿連風聲和法華大鼓聲都聽不見了。儘管如此，這一手，名人花了四十七分鐘。這是名人在伊東唯一的一次長考。輪到黑109，大竹七段又費了兩小時四十三分鐘，最後封盤。這一天，只進行了四手。花費時間，七段是三小時四十六分，名人僅僅花了四十九分。

「在此成敗的重要關頭，怎麼也得走這一手。這是很凶猛的一手啊！」午休時分，七段半開玩笑地說。

白108具有威脅左上角黑棋和減消中原黑厚的兩層意義，並兼守左邊白棋，這是絕妙的一手。吳清源也這麼解說道：

「這108是非常難的一手。我們抱著很大的興趣注視著它究竟會下在什麼地方。」

三十六

中間休息了兩天。第三天對局的早晨，名人和七段兩人都說肚子痛。據說大竹七段從五點就醒來了。

黑109封盤後，七段立即脫下裙褲走了。他返回座席時，看見白110，吃驚地問道：

「已經走了嗎？」

「你不在時走了，對不起……」名人說。七段交抱雙臂，邊傾聽風聲邊說：

「大概又颳寒風啦。叫做寒風恐怕也可以吧。都已經十一月二十八日了嘛。」

昨夜的西風，清晨方才停息，但不時又呼嘯著掠過長空。

白108盯著左上角的黑子。七段守黑109、111，完全活了。這角上黑子的形是：白一走進來，要麼死要麼劫，這像是死活問題，難就難在這萬千的變化上。

「要不要插手這角上呢？不插手恐怕不行啊。長期負債，欠債總得付高利息的。」黑109啟封時，大竹七段這麼說。這角上的謎也被黑子解除，安定下來了。

今天上午不到十一點就進行了五手，相當難得。黑115終於到了勝敗的關鍵，黑將侵消白的大模樣，這時七段是不會輕易下子的。

名人一邊等待黑走，一邊閑談起熱海鰻魚鋪的飯盒和澤莊的事。還談了諸如火車只開到橫濱，然後轉乘轎子，在小田原歇一宿，才來到熱海之類的往事。

「我當年，約莫十三歲光景，是五十年前了……」

「這是往事啦。那時節，家父恐怕還沒有出世哩……」大竹七段笑了。

七段思考的時候，說是肚子痛，離席了兩、三回。他不在時，名人說：

「真有耐性啊，已經一個多小時了吧。」

「快一個半小時了。」做記錄的少女回答時，正午的汽笛嘶鳴了。少女用她拿手的報秒法，估計著汽笛長鳴的時間。

「正好鳴一分鐘，最緊的時候是五十五秒。」

七段回到了座位上，在額頭上擦了鎮痛油，用手指揉了揉。身旁也放有微笑牌眼藥。人們看見他這副樣子，以為十二點三十分午休以前他再不下了。十二點八分，卻響起了響亮的放棋子的聲音。

依在憑肘上的名人情不自禁地「唔」了一聲，便端正坐姿，拉長下巴頦，張開上眼瞼，通觀全局似地凝望著棋盤。名人眼瞼厚，眼角深，凝眸發出清澈的光。

黑下115，始終堅持穩健的走法，白不得不堅守中央的地盤。午休時間到了。

下午，大竹七段在棋盤前坐了一會兒，回到了房間，在咽喉處塗了藥，又轉回來。周圍飄蕩著一股藥味兒。他也滴了眼藥。還帶了兩個懷爐。

白116花了二十二分鐘，直到白120，進展都很迅速。白以120穩健而緩慢的形式與之周旋。名人在三角妙處嚴密地抑制住局勢。這是勝負的關鍵，雙方都全神貫注。稍一疏忽，將會損失一目以上。在這樣的細微局面下，是不能讓步的。這是勝負見分曉的微妙一手，然而名人僅用了一分鐘，竟使對手為之膽戰心驚。何況名人下白120之前早就估算過了。他微顫著腦袋，快速地數著棋盤上的目。這種估算，叫人生畏啊。

人們議論，勝負大約一目上下。如今白力爭勝兩目，黑也必須加強子力。大竹七段扭動著身子，頭一次在那張圓圓的稚氣的臉上暴起了青筋。響起了急促的搧扇子的聲音。

連怕冷的名人也展開了扇子，神經質地搧了起來。我不忍心看他們兩人的表情。不大一會兒，名人如釋重負，又顯得輕鬆了。輪到七段走時，他脫下外褂，說：

「思考起來沒完沒了，真熱啊！對不起。」隨著，名人也用雙手將衣領翻起，向前伸出了脖頸。真是一副滑稽的動作。

「熱啊，熱啊！又思考了那麼長時間，真不好辦啊！……看樣子要出敗著，要出問題啦。」大竹七段竭力控制起伏的心潮。他花了一小時四十四分長考，於下午三時四十三分下黑121封盤。

在伊東續弈以來，三天的對局裏，黑從101到121，共走二十一手，雙方費時是：黑十一小時四十八分，白僅用一小時三十七分。倘使是平常的棋，大竹七段只走十一手就到時間了。

白、黑所花的時間相當懸殊，令人感到名人和七段在心理和生理上都存在著什麼差別。其實費時推敲本是名人的棋風。

三十七

每晚總是颳西風。但是對局的十二月一日早晨，天氣晴朗，到處充滿著陽光。

昨日白天，名人下過將棋之後，到鎮上打撞球去了。晚上他同岩本六段、村島五段、八幡幹事搓麻將，直到十一點才罷休。今早不到八點便起床，到庭院裏散步。庭院裏，落了一地紅蜻蜓。

大竹七段的房間是在二樓上。樓下的楓樹還有一半葉子是綠色的。七段七時半起床。他說肚子劇痛，可能會病倒。桌面上放著十來種藥品。

老名人的感冒總算痊癒了。年輕的七段卻毛病百出。比起名人來，七段顯得更加神經質。他們兩人的體質，是不能單從外表來看的。名人一離開對局室，就想盡力把棋局忘卻，沉溺在別的比賽中。在自己的房間裏，他不再接觸棋子。而七段即使在休息日，也要面對棋盤，孜孜不倦地研究暫停的棋路。這可能不光是年齡相異，風度也各不相同吧。

「『神鷹號』於昨晚十點半到達……真快啊。」名人一日早晨到工作人員房間聊天來了。

光燦燦的朝陽，照射在朝東南的對局室的拉窗上。

續弈之前，誰會知道發生了一樁怪事呢？

八幡幹事讓對弈雙方看過封紙之後，打開了信封的封口，取出棋譜，一邊在棋盤上擺子，一邊在棋譜上尋找黑121封子，竟沒有找到。

封盤是不讓對手和工作人員看見，由輪到的棋手親自寫在棋譜上，然後放進信封裏的。上次中途暫停時，大竹七段是走到廊道上寫的。對弈者在信封上打了封印，再放進另一個大信封裏，由八幡幹事加上封印。到下次續弈的早晨，這個大信封一直存放在旅館的保險櫃裏。名人和八幡都不曉得大竹七段的封子。但是旁觀者猜來猜去，大致上還是可以推測出來的。黑121封子，究竟下在什麼地方呢？它是這盤棋的高潮，連我們這些觀戰的，也都緊張得屏聲斂息。

這封子本來是應該找到的。可是八幡卻慌裏慌張地窺視棋譜尋找，一時竟找不到；好不容易找著了，才喊出「啊」的一聲。

黑已經擺下棋子。我遠離棋盤，也不知道他下在什麼地方。就算知道他下在什麼地方，也不曉得他的用意何在。他無緣無故地遠離了酣戰的中原，下在了上邊。

連外行人也一目一然，這簡直像是走劫材的一手。我頓時心中不樂，十分激動。大竹七段這手是為了封盤而封盤，還是把封盤作為戰術來運用？我懷疑：這是懦怯與卑劣的表現。

「我以為會走中原呢……」八幡幹事苦笑了，然後離開了棋盤。

黑正指向減消從右下方到中央的白大模樣，展開了攻防戰。酣戰中哪能抽手到別的地方去呢。八幡幹事一直從中央到右下的戰場上搜索，這自是理所當然。

名人針對黑121，走白122，使上邊白棋做眼成活。倘使脫了先，八目空地的一團白棋就會被吃掉，沒有就劫了。

七段把手伸進棋盒裏，抓起棋子，可又思考了好大一會兒。名人緊握雙拳，放在膝上，歪著腦袋，屏住了呼吸。

黑123花了三分鐘，果然又把手折回減消的白地，首先侵入右下，然後用黑127，再次殺向中央。黑129終於殺入中腹的白地。打掉了剛才名人白120擴大到三角處的鋒芒。

「白子強走120。大概黑子也下定決心，強走123至129。黑子這種走法，在細棋裏是常見的。這是決勝的一種氣勢。」吳六段這樣解說。

名人對黑子的拚死氣勢卻置之不理，從這兒騰出手來反擊右方，壓住黑的出擊。這簡直是意外的一手。我大吃一驚，不由得緊張起來，彷彿被名人的陰氣擊中。這是名人在大竹七段頭號目標的129位上發現有隙可乘，回過頭來殺回馬槍呢；還是自己負傷，倒打敵人，以求激烈的搏殺？甚至令人感到，這白130，與其說是決勝的氣勢，莫如說是名人憤怒的一手。

「棋局愈演愈烈，真了不起啊！這……」大竹七段反覆地說。在思考黑下一步131時，午飯時間已到。

這一刻，列席的岩本六段也感嘆地說：

「遭到猛烈的攻擊，挨了厲害的一手了。確實是驚天動地啊！眼看快要填空眼，不料竟遭對手殺了個回馬槍……」

「所謂戰爭，大概就是這個樣子吧。」

意思是說，在實戰中，常常是風雲變幻，突然冷爆出一些無法預料的戰局而決定命運的。白130就是屬於這類情況。對弈者的運籌帷幄，外行人自不消說，就是專業棋手的估計，都因這一手而立即落空了。

我是外行人，還不知道白130這一手是「常勝名人」的敗著。

三十八

然而，這是一個非同尋常的局面。午休時刻，不知是我們自然而然地跟著名人走，還是名人有意地邀請我們去，回到名人的房間，剛要落坐，名人就對我們說：

「這盤棋也就算完了。大竹下了封子，我就不行了。這好比在難得的圖畫上塗了黑墨一樣。」名人的聲音細小而激越。

「我看到了這一手，曾想過乾脆放棄算了。到此一切都完了……我也想過，是不是放棄比較好。但是，下不了這個決心，又重新考慮。」

我記不清是八幡幹事還是五井記者在場，或是他們兩人都在場，反正我們都鴉雀無聲，沉默不語。

「下了那一手，休息兩天，他是要進行研究的啊。真滑頭。」名人吐了這麼一句。

我們沒有搭話。我們不便附和名人，也不能為七段辯護。但是，我們對名人的話，是抱有同感的。

只是，那時候我沒有察覺名人甚至曾考慮放棄了事。他竟是那樣憤怒，又是那樣沮喪。然而，名人一面對棋盤，無論臉色還是舉止都沒有流露出這種情緒來。誰也不曾覺察名人內心產生了那麼大的動搖。

八幡幹事在棋譜上一時找不著黑121封子，後來好不容易找到了，才繼續弈戰，我們只顧注意這點，因而沒有看見名人在這個過程中的表情。不過，名人在離開對局時，也就是在一分鐘之內，便走了白122。難怪我們沒有看出名人內心的不安。這步棋不是在八幡找到封子之後的一分鐘下的，而是在未到規定時間之前就下了。儘管如此，在短暫的時間裏，名人還是按捺住起伏的心潮，始終保持著對弈的態度。

名人若無其事地繼續對弈。我彷彿從他那裏意外地聽到了憤怒的語言，心裏反應更強烈了。從六月到十二月，今天名人還堅持下這盤告別棋，令人感慨萬千。

名人一直把這盤棋當作藝術品來精雕細刻。倘使把這盤棋比作一幅繪畫，那麼他就是在興致盎然、靈感湧現的時候，突然地在畫面上塗抹了一層黑墨。圍棋也是在黑白一連串相間下子的過程中，包含了創作的意圖和結構，如同音樂，反映了心潮起伏和旋律。音樂若是忽然跳出一個古怪的音階，或二重奏的對手突然伴奏出離奇的曲調，這就是一種破壞。圍棋有時由於對方錯看或漏看，也是會損害一盤名棋的。總之，大家對大竹七段的黑121感到意外、震驚、奇怪和懷疑；它破壞了這盤棋的節奏和旋律，無可爭辯。

果然，這一封子在棋友之間或是在社會上議論紛紛，成了話題。在這個地方下黑121，我們這些外行人確是感到詫異和突然，心情也很不舒服。然而，後來在專業棋手中，也有人認為：在這裏下黑121是適時、有效的。

大竹七段在《對弈者的感想》一文裏這樣寫道：

「我想，早晚總是要下黑121的。」

據吳六段解說，如果白走了「5．一」、「6．一」的一扳一接，「黑即使走121，白可以不走122，而走『8．一』位活淨。黑就少一個劫材了。」他只是簡單地觸及黑下121的意義。大竹七段下這一手，肯定也考慮到這層意義。

只是正值中原酣戰，又是封手，因此惹怒了名人，讓人們產生了懷疑。就是說中途暫停的這一手，即當天的最後一手，倘使是為了權宜之計、在困難的情況下才下的話，那麼在三天後續弈之前，就要充分研究今天最後理應走的這一手。就是日本棋院的升段賽，有的棋手在剩下一分鐘進入讀秒階段，迫不得已，也是走這種類似劫材的棋，來延長一分鐘的壽命；也有的棋手潛心鑽研，使中途暫停或封盤對自己有利。新的規則，產生新的戰術。在伊東續弈之後，一連四次都輪到黑子封盤，也許不盡是偶然吧。名人自己也說：「如走白120鬆，我是不會滿意的。」可見他心情是緊張的。接著就是黑走121。

總之，那天早上大竹七段的黑121，激怒了名人，使他沮喪、動搖，這是事實。下完這盤棋，名人講評的時候，沒有觸及黑121。

然而，一年後，名人《名人圍棋全集》一書中的《下棋選集》的講評裏，明確地寫道：「現在黑121抓住了有效的機會。」「要注意：如果猶豫（即在白下扳接之後）黑121就可能失效。」

名人是這場棋的對弈者，他這樣承認了，也就沒有問題了吧。名人發怒，是因為這一手當時出乎意料。他懷疑大竹七段的用心，也是因為在氣頭上產生了誤解。

許是名人自愧無能，才特地在這裏提及黑121的吧。但是，《下棋選集》出版時間，是在告別賽結束一年之後，且是在他去世前半年，因此可能是他回想起大竹七段走黑121成了話題，才自覺現在必須平心靜氣地承認這手吧。

大竹七段所講的「早晚」，是否就是名人所說的「現在」呢？對我這個外行人來說，這個問題尚是一個謎。

三十九

為什麼名人會下130這一敗著呢？這似乎也是一個謎。

名人下這一手，考慮了二十七分鐘，是在上午十一時三十四分下的。經過近半個小時的思考，走錯了棋，雖是偶然，可他為什麼不拖延一個小時，留待午休以後再走呢？我為他感到惋惜。大概離開棋盤，休息一小時，他就會走正著吧。也許他不是被過路的妖魔纏身吧。白的時間還餘下二十三個小時。拖延一、兩個小時並不成問題。名人不把午休當作戰術使用。黑131卻碰上了午休。

白130，像是回馬槍的一手。大竹七段也說是「被回馬槍擊中了」。吳六段也解說道：「這裏是微妙的地方，就是說，黑129斷，白下130，包含了生效的意思。」對黑子的斷，白子也並沒有忽略，雙方處在緊張的對峙局面，一方稍有鬆懈，就會被另一方當場擊潰。

在伊東重開對局以來，大竹七段不斷推敲，堅韌不拔，慎重而穩健。黑子昂揚的力量終於爆發了，那就是129的壓軸一手。我們對白130的疏忽，不禁大吃一驚。七段大概沒有膽寒吧。倘使白吃掉右邊的黑四目，黑就會長驅直入，踏破中央的白地。七段對白130置之不理，從黑129位長到131位。果然，名人以白132回手，應付中央的激戰。白130如果應不脫先那就好了。

名人講評時，嘆息地說：

「白130是敗著，這一手匆忙下在『17．九』位上，正是給黑的回答。比如黑在『17．八』位上應著，那麼白130就是正確的了。這就是說，黑即使接著131長，白也不必考慮黑『16．十二』位上，可以在『12．十一』位上悠閑自在地準備著。此外，即使看到什麼變化，局勢要比棋譜複雜得多，是一場極其微妙的爭奪戰。接受了黑133以下嚴酷的侵入，這正是白子的致命傷。後來雖然力爭平息，但狂瀾既倒，無法挽回了。」

決定白子命運的一手，可能反映了名人心理或生理上的破綻。白130既像是厲害的一手，又像很有餘味的一著。我是外行人，當時認為名人繼續防守，這是他企圖出擊的一手；同時也是他忍無可忍、暴躁起來才下的一著。據說，如果是白對黑下斷這一手就好了。這白130敗著，不至於是名人今早對大竹七段封盤的憤怒餘波吧。真相如何，不得而知。就算名人本人，也無法瞭解自己命運的波瀾或過路妖怪的魔力。

名人下白130以後，不知從哪兒傳來了悅耳的尺八[31]聲，多少緩和了棋盤上的風暴。名人側耳傾聽，彷彿想起什麼似地說：

「從高山俯瞰谷底，瓜兒和茄子的花盛開……初學尺八，首先要學這個。有一種樂器比尺八少一個洞，叫做豎笛。」[32]

輪到大竹七段下黑131時，中間遇上午休，他沉思了一小時十五分，於下午二時一度抓起棋子，又「唉」地嘆了一聲，再次思考了一分鐘才放子。

看見黑131，名人依然把胸脯挺得筆直，伸長脖子，焦灼地敲打著桐木火盆的邊。他一邊敏銳地掃視了一下棋盤，一邊默算著棋局。

黑129斷。黑133再斷白三角另一方，叫吃三子，然後直到黑139，連續叫吃，挺進一線，發生了如大竹七段所說的「驚天動地」的巨大變化。黑子直闖白模樣的正中央。我彷彿聽見了白陣嘩然潰敗的聲音。

白140是直接逃脫還是吃掉旁邊黑二子呢？名人不停手地搧著扇子，無意識地嘟噥了一句：

31 日本樂器，類似洞簫。
32 日本江戶時代的管樂器。

「不明白，都差不多。不明白。」

「不懂，不懂。」

但是這手意外地快，只花了二十八分鐘。不多久，三點鐘上了點心，名人對七段說：

「吃點燕壽司怎麼樣？」

「我肚子不太好……」

「如果壽司能治好你的病呢，怎麼樣？」名人說。

名人走白140，大竹七段說：

「我以為這一手就封盤呢，可是還能下……還能劈頭蓋腦地下，真吃不消啊。再沒有什麼比再下累人的了。」

名人一直進行到白144，輪到黑145封盤。大竹七段抓起棋子，剛要放下，又落入了沉思。這時刻，已到中途暫停時間。七段走出廊道封口，名人寂寥地環視了棋盤一圈，一動也不動。他的下眼瞼微微發熱，有些許浮腫。在伊東對局時，名人一個勁地看鐘點。

四十

「今天能下完的話，就把它下完吧。」十二月四日早晨，名人對工作人員說道。上午對局時，他也對大竹七段說：

「今天下完它吧。」七段沉默地點了點頭。

我作為忠實的觀戰記者，一想到這盤長達半年之久的棋最終將在今天結束，心情也就激動起來。而且，名人敗北，早已是盡人皆知。

還在上午，七段從棋盤前站起來走出去時，名人望了望我們說：

「都下滿了，沒地方可走了。」名人輕柔地微笑了。

今天早上不知什麼時候，名人把理髮師叫來，將頭剃得光禿禿的，活像個和尚。原來他把住院時留的長髮梳了個分頭，將白髮染黑，才到伊東來。後來突然理成短平頭，令人感到有點裝模作樣。不過，看上去彷彿洗淨了什麼，顯得乾淨俐落，光澤紅潤，返老還童了。

四日是星期天，庭院裏也綻開了一、兩朵梅花。周末客人比較多，今天將對局室遷到新館去。我經常在名人的鄰室下榻。名人的房間安排在新館的裏首。頭天晚上，二樓兩間房子被棋賽工作人員占據了。就是說，不住進別的客人，以保証讓名人安眠。大竹七段原住新館二樓，據說他身體欠佳，上下樓梯很是不便，昨天或是前天遷到了一樓。

新館正面朝南，庭院寬廣，陽光直落在棋盤近處。等待啟封黑145的過程，名人也歪起腦袋，緊鎖雙眉，直視著棋盤，顯出一派嚴峻的神態。大竹七段大概已經看到勝利在望，落子也快了。

眼看進入收官階段，棋手的緊張狀態同佈局或中盤時也不盡相同。神經也過敏了，探出身子的姿態更增添了可怕的色彩。恍如尖利的短刀在交鋒，呼吸急促起來。簡直是智慧的火花在閃爍。

要是一般棋賽，最後一分鐘大竹七段大可下百手，勇猛逼近。可這盤棋還有六、七個小時，時間從容，一旦進入收官階段，競爭的神經就像順著急流而下，一瀉千里。好像自己在催促自己，往往不由得把手伸進棋盒裏，但又倏忽耽入沉思。連名人也一度抓起棋子，久久地猶豫不決。

看到這種收官，使人產生一種美感，恍如看到了靈捷的機械、快速的計算機飛速地運動著。而且秩序井然。令人愉悅。雖說是弈戰，卻以美的形式表現出來。加上棋手目不他視，更增添了美感。

黑從177到180左右，大竹七段本人也思緒沸騰，心蕩神馳。他那張豐滿的圓臉，活像一尊十全十美的佛臉。也許是進入了心曠神怡的藝術境界，顯出無法形容的美吧。他似乎沒想起肚子不好的事。

這之前，大竹夫人或許擔心不便待在房間裏，她一邊抱著桃太郎般的漂亮嬰兒，一邊從遠處繼續望著對局室。

從海那邊傳來的汽笛長鳴聲，剛剛停息。名人下白186時，冷不防地抬起臉來，朝著這邊，和藹可親地招呼道：

「空著吶，位子空著吶。」

今天，小野田六段在秋季升段賽結束之後，也前來列席觀戰。此外，還有八幡幹事、五井和砂田兩位記者，以及《東京日日新聞》駐伊東的通訊員等。這盤棋的工作人員，也都聚攏過來觀看接近尾聲的終盤。貼鄰的另一個房間裏，擠滿了人，有的就站在隔扇後邊。名人向他們招呼，請他們進來觀摩。

轉眼間，大竹七段的佛臉又變得昂揚起來。名人短小的身軀也顯得特別高大，安穩坐著，一動不動，把四周都鎮得寂靜無聲。他一味默算著。七段一走黑191，名人便耷拉下腦袋，猛地睜大眼睛，把腳伸了出去。只聽見扇子急促搧動的聲音。黑走了195便午休了。

下午，將平日的對局室遷到舊館六號室。中午過後，天陰沉下來，鳥兒不停啁啾啼囀。棋盤上點了燈。一百瓦的燈泡太亮，用了六十瓦的。在棋盤上隱約地投下了棋子的陰影。這是最後一天，旅館主人別具匠心地裝飾了一番，壁龕的畫軸也換上了川端玉章[33]的雙幅山水畫，擺設了騎著大象的佛像，旁邊擺著一盤盛滿胡蘿蔔、黃瓜、西紅柿、香菇、鴨八芹的供品。

我曾聽說決勝時，都像這盤棋那樣，臨近終局競爭殘酷得目不忍睹。可是，名人卻不動聲色。光從態度上，看不出名人失敗。約莫從第200手起，名人的臉頰也泛起了紅潮。他第一次把圍巾摘了下來，籠罩著一股咄咄逼人的氣氛，然而他的態度卻泰然自若，巍然不動。黑237結束，名人神態平靜了。在這沉默無言、勝負已定的一瞬間，小野田六段說：

「是勝五目吧？」

「嗯，是五目……」名人喃喃地說罷，抬起浮腫的眼瞼，也不想再清點，就確認了勝負棋子。終局是下午二時四十二分。

翌日，名人敘述完對弈者感想之後，一邊微笑一邊試著清點，說：

「我沒有清點棋子，是五目，不過……據估算，大概是六十八對七十三吧。實際上，一清點會更少。」結果是黑五十六目，白五十一目。

黑靠白130敗著，產生了五目之差，這在破白模樣之前，誰也沒有預料到。白130之後，約莫在160左右，不覺疏忽了「17．十八」先手的斷，以至失去名人所說的「多少縮小一點敗差」的機會。這樣一來，即使存在白130敗著，也是可以將差距控制在五目以內，三目左右的。假如沒有白130敗著，就不會發生「驚天動地」的巨大變化。這盤棋的勝敗將會如何？黑子會輸嗎？外行人不曉得。我不認為黑

33 川端玉章（一八四二—一九一三），日本著名畫家，一九〇七至一九一〇年間任文部省美術展覽會的審查員。

子會敗下陣來。我看見大竹七段面對這盤棋的精神準備和態度，幾乎相信：即使白吃掉幾個子，黑方也會取勝。

話又說回來，六十五歲的老名人是首屈一指的棋手，怎麼竟能強忍著病痛的折磨、堅持到迫使拚死盯住他的對手，基本上失去先手的優勢呢。這不能不說是精湛的搏鬥。名人不是利用黑子的惡手，也不是讓白子施展對策，而是他親自引導到微妙的一決勝負的局面。然而最後可能是由於他對疾病的不安，耐性不如對手，這才失敗了吧。

「常勝名人」在告別賽中失敗了。

一位弟子說：名人主張，一般對占第二位的人，就是僅次於自己的人，才全力以赴。名人會不會親口說出這樣的話，姑且不說；但是名人畢竟是終身實行了這個信念的。

終局次日，我從伊東返回鎌倉的家，已等不及寫完這篇長達六十六天的觀戰記，就像要從這盤棋解脫出來那樣，我也到伊勢、京都旅行去了。

聽說名人依然留在伊東，體重也增加了一公斤多，計有四十一公斤了。還聽說他攜帶了二十盒棋到療養所去慰問傷病員[34]。昭和十三年底，溫泉旅館開始用作傷兵療養所。

---

34 指當時侵華戰爭中的傷病員。

四十一

雖說是告別賽的第三年，但那是正月的事，實際上是過了一年多，名人的內弟高橋四段在鐮倉私邸教授起圍棋來。開學那天，名人帶著弟子前田六段和村島五段出席了。這是正月初七。我又同闊別許久的名人相會了。

名人勉強下了兩盤練習棋，顯得吃不消的樣子。彷彿手指也挾不住棋子，放棋子也是輕輕的，沒有聲音。下第二盤時，他有時顯得呼吸困難，眼瞼有點浮腫。雖然是朦朦朧朧，我回想起了名人在箱根的情景，感到他的病沒有痊癒。

今天名人是同業餘棋手練習，不怎麼引人矚目。可是他還是很快就沉湎在忘我的境界之中。到了要去海濱飯店吃晚飯了，第二盤以130結束。這是以很強的業餘初段為對手，勝了四目。黑子的棋風是從中盤出力，這盤棋成了破白模樣，白顯得薄了。

「黑子不是下得很對嗎？」我試探性地詢問了高橋四段。

「嗯，黑子勝了。黑子厚實，白子處境困難啊。」四段說。

「唉，名人也恍惚了，與過去不同，他變得脆弱，真的不能再對弈了。就是從那次告別賽之後，顯然衰老了。」

「是顯然衰老了。」

「是啊，最近整個人成了老頭兒……要是那盤告別賽取勝了，他不至於變成這個樣子吧。」

在海濱飯店臨別時，我同名人相約：

「改天在熱海再見。」

名人夫婦是在一月十五日到達熱海鱗屋旅館的。這之前，我住在聚樂旅館。

十六日下午，我和妻子兩人到鱗屋旅館拜訪了他們。名人馬上拿出棋盤來，和我下了兩盤。我的將棋棋藝不高，不是他的對手，提不起勁來。他讓了兩子，我還是不堪一擊。名人再三挽留我們「去吃晚飯，邊吃邊談。」

我說：「今天太冷，就此告辭了，下次找個暖和的日子，陪您去『重箱』或『竹葉』[35]吧。」這天，雪花飛揚。名人喜愛吃鰻魚。我回去後，名人洗了個熱水澡。據說是由夫人從後面將手伸進他的雙腋，攙扶著幫他洗的。不多久，名人就寢，覺得胸口疼痛，呼吸困難。第三天黎明之前，與世長辭了。高橋四段來電話告訴我這一噩耗。我打開擋雨板，太陽還沒露出臉來。我想：是不是因為前天我們造訪名人，影響了他的健康呢？

「前天名人那樣挽留我們一起吃晚飯，可是……」妻子說。

「是啊！」

「名人夫人也那樣挽留，可我們還是堅持回家，我深感內疚啊。他們早已吩咐女傭準備好了的呀。」

「這我知道。不過天氣很冷，我擔心名人的身體……」

「他會不會這樣理解呢？……他特地準備好，可是……他會不會責怪我們呢？……他是真心誠意地款待我們，不想讓我們回家的啊。要是我們老老實實待下去就好了。他是不是感到寂寞呢？」

「他是很寂寞。唉，不過，他總是這個樣子啊。」

「那天很冷，可他仍然送到門口。」

「不說啦，都已經……討厭，真討厭。人是會死的，討厭啊！」

名人的遺體當天運回了東京。從旅館正門運到汽車的時候，用棉被裹得很小很小，簡直像沒有屍體一般。我們站在稍遠的地方，等待著汽車出發。

35 重箱、竹葉均係店鋪的字號。

「沒有鮮花啊。喂，花鋪在哪兒，快去買點鮮花來。車子馬上就出發了，趕快去……」我吩咐妻子。

妻子跑步回來。我將花束遞給了夫人，她正坐在名人的靈車上。

名人引退棋

昭和十三年（一九三八）
六月廿六—十二月四日

名人　本因坊秀哉
七段　木谷　實

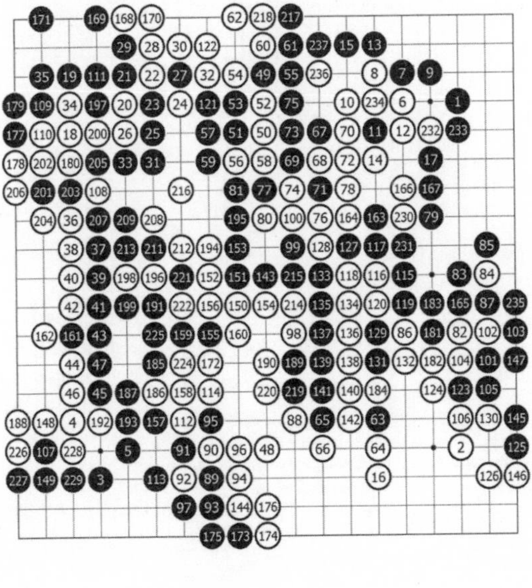

川端康成文集 9

名人
MEIJIN

作者　川端康成
譯者　葉渭渠
社長　陳蕙慧
主編　張立雯
電腦排版　極翔企業有限公司

共和國出版集團社長　郭重興
發行人兼出版總監　曾大福
出版　木馬文化事業股份有限公司
發行　遠足文化事業股份有限公司
地址 231新北市新店區民權路108之4號8樓
電話 02-2218-1417　傳真 02-2218-0727
email: service@bookrep.com.tw
郵撥帳號 19588272 木馬文化事業股份有限公司
客服專線 0800221029
法律顧問　華洋國際專利商標事務所 蘇文生 律師
印刷　成陽印刷股份有限公司
二版1刷　2017年7月
二版2刷　2020年11月
定價　新台幣280元

ISBN 978-986-359-416-1

國家圖書館出版品預行編目(CIP)資料

名人 / 川端康成著；葉渭渠譯. -- 二版. -- 新北市：木馬文化出版：遠足文化發行, 2017.07
面；　公分. --（川端康成文集；8）
ISBN 978-986-359-416-1（平裝）

861.57　　106009565